오늘도 지킵니다, 편의점

카운터 너머에서 배운 단짠단짠 인생의 맛

오늘도 지킵니다, 편의점

봉달호 글 | 유총총 그림

시공사

지키는 삶에 대하여

1

열세 번째일까, 열네 번째일까, 아니 스무 번쯤 되지 않았을까. 이젠 세는 것도 포기했다. 우리 편의점이 오늘 또 문을 닫았다. 코로나19 확진자가 발생하여 건물이 전면 폐쇄됐다. 어미 캥거루가 뛰어가면 배 속 아기 캥거루도 딸려 가는 법. 건물 지하에 위치한 우리 편의점도 어리둥절 강제 휴업에 들어가게 되었다. 이번이 벌써 몇 번째인가.

이건 좀 특별한 상황이다. 코로나19 사태가 1년 넘게 이어지면서 일반적인 건물은 확진자가 발생해도 서너 시간 방역한 후 일상으로 돌아간다는데, 우리 편의점이 입주한 깐깐한 건물은 확진자 동선이 완전히 파악될 때까지 내부를 걸어 잠그는 방침을 거듭하고 있다. 좋다고 해야 할지, 과하다고 해야 할지. 어쨌든 방침이 그렇다니 따를 수밖에.

손님을 위해 준비한 도시락, 삼각김밥, 샌드위치류를 모두 버리고 적막한 편의점 창고 안에 들어와 쫓기듯 이 글을 쓴다. 고요히 내려앉은 어둠 속에 윙- 냉장고 돌아가는 소리만 요란히 울린다. 늦어도 한 시간 안에 나도 이 건물에서 빠져나가야 한다. 마스크를 올려 쓰고 숨을 가쁘게 내쉰다. 버틸 수 있을 것인가. 지킬 수 있을 것인가.

2

원래 우리 편의점은 축복받은 편의점이었다. 유동 인구는 하루 2만 명에 달하고, 회사 건물 안에 있으니 술을 팔지 않는다. 밤에는 문 닫고 토요일은 반나절만 영업한다. 일요일엔 아예 쉰다. '그런 편의점이 다 있어?' 하는 '그런' 편의점이었다. 누군가는 그랬다. "꿀 빠는 편의점"이라고. 아, 남의 속도 모르고.

어쨌든 그런 편의점을 운영하게 된 것에 대해, 내 인생에 얻은

많은 것이 그렇듯, 행운이라 여기며 늘 감사한 마음으로 살았다. 그런데 코로나19가 운명의 대진표를 바꾸어놓았다. 지난날 행복의 입지는 오늘날 불행의 조건이 되었다. 어쩌다 우리 편의점은 코로나19로 크게 피해를 입은 '그런' 편의점이 되었다. 신은 인간에게 마냥 베풀지만 않는다. 오늘 줬으면 내일 뺏는다. '다시 내놔!' 하면서 변덕을 부린다. 채권자 마음대로 설정해놓은 채무 변제 시한처럼 하늘이 언제 불쑥 심술을 부릴지 모르니, 행운을 지녔으면 잘 지켜야 한다. 아끼고 보듬어야 한다.

편의점을 운영하며 내내 '지키는' 것에 대해 생각한다. 요즘은 더욱 그렇다. '지킨다'고 하면 고집스레 끌어안고 억척스레 내주지 않으려 애쓰는 모습이 떠오른다. 이제 막 소유욕이 생겨 뭐든 "내 거야 내 거야" 하며 떼쓰는 아이처럼. 물론 그것도 지키는 일일 테지만, 또 하나의 지킴이란 마땅히 해야 할 일을 하는 것, 있어야 할 곳에 있는 것. 그러니까 지킴이란 나만의 욕심이 아니라 사람과 사람 사이 관계에서 비롯되는 무엇 아닐까.

돌아보면 나는 많은 것을 지키지 못했다. 아빠로서, 가장으로서, 조그만 가게를 꾸려가는 사람으로서, 아들로서, 형으로서, 오빠로서, 친구로서, 동료로서, 혹은 사람으로서, 많은 것을 지키지 못하고 떠나보냈다. 내가 해야 할 일들을 소홀히 했다. 당연히 있어야 할 곳에 있지 않았다. 시간 흘러 후회한들 무엇할까.

그나마 잘 지킨 것이 이 편의점 하나였는데 지금 그것마저 흔들리는 일상에 윙— 멘탈이 흔들린다. 지킬 수 있을 것인가. 견딜 수 있을 것인가. 내년에도 나는 이 자리에 있을 수 있을 것인가. 아침마다 손님 맞으며 "어서 오세요, 편의점입니다" 하고 인사할 수 있을까. 저녁에는 매출 현황 확인하며 뿌듯하게 웃을 수 있을까. 그런 날이 과연 돌아올까? 철—컥. 냉장고가 잠시 가동을 멈춘다. 전원 스위치를 내려놓은 호빵기에서 스윽슥 김 빠지는 소리가 들린다. 편의점 안 모든 것이 까만 침묵의 그늘 아래 내리눌린다. 온장고 돌아가는 진동마저 바닥으로 느껴진다.

3

아이고, 이거 죄송합니다. 프롤로그는 독자와의 첫 만남인데 초장부터 이렇게 힘 빠지는 이야기부터 드려서.

《매일 갑니다, 편의점》이 출간되고 3년. 많은 변화가 있었다. 편의점에는 여전히 많은 손님이 오가는 가운데, 책에 등장한 손님 중에서 지금은 보이지 않는 손님이 있고, 그 모습 그대로 여전한 손님이 있으며, 오늘도 새로운 글감을 던져주는 흥미로운 사건들이 잇따르고, 있었던 일이 다시 반복된다. 편의점 알바는 여럿 바뀌었고, 계절은 서너 번 순환했다. 신상품은 나왔다 홀연 사라졌고, 외면받아 사라졌던 상품이 옷을 갈아입고 다시 나타났다. 새로운 서비스는 겹겹이 어지럽게 춤을 추고, 경쟁은 갈수록 치열해지고 있으며, 무인無人 편의점이 차츰 확산되는가 싶더니 이젠 로봇이 편의점 상품을 배달하는 새로운 시대가 열린다고 떠들썩하다. 참, 그러고 보니 근무복도 새로 바뀌었다.

개인적으로도 많은 변화가 있었다. 책이 나온 직후 인터뷰와 강연 때문에 알바를 더 고용했는데, 외부 활동이 뜸해지자 그를 매정히 해고할 수 없었고, 그래서 '에라, 모르겠다' 하는 생각에 편의점 창고를 집필실로 개조했다. 오전에는 집에서 글 쓰고, 오후에는 편의점 창고에서 책 읽고 원고를 다듬는다. 그러다 가끔 계산대에 나가 손님을 맞는다. 꿔다 놓은 보릿자루처럼 구박받지 않으려 진열대를 정리하는 척하기도 한다. 빗자루 들고, 쓸 것도 없는 편의점 앞마당을 휘휘 간지럽히는 것도 나만의 일상이 되었다. 서울 외곽으로 이사했고, 늦둥이 아들이 태어났다. 신문과 잡지에도 연재를 계속하고 있다. 이렇게 보면 모든 것이 안온한 하루. 그럭저럭 나는 많은 것을 지켜왔고, 오늘도 지키는 중이다. 그러면서 부지런히 새로 만들고 있다.

하지만 겉으로는 고요해 보이는 오리가 물밑으로는 쉼 없이 바동거리며 제자리를 지키려 안간힘을 쓰는 것처럼, 내 일상의 수면 아래로는 오늘도 숱한 도전의 부유물들이 걸리적거리며 발목을 붙든다. '너 이래도 견딜 수 있겠어?' '호락호락 모든 걸 내어줄 줄 알았어?'라는 듯 나를 시험하고 채찍질한다.

코로나19는 잔잔한 호수 위에 던져진 돌멩이 하나 정도가 아니었다. 커다란 바위산 하나가 무너져 내린 끝없는 파문이었다. 지난날 행운의 대가를 톡톡히 치르는 중이다. 담금질당하는 중이다. 뜨겁게 달궈지는 중이다. 뚜닥뚜닥 얻어맞는 중이다. 그러면서 지키는 중이다. 조금씩 단단해지는 중이다.

4

3년 동안 편의점 안팎에서 쓴 글들을 모아보니 이러구러 그러구러 '지키는' 이야기다. 스무 평이 채 되지 않는 편의점 작은 공간에도 기쁨과 슬픔, 성취와 실패, 때로 좌절과 용기, 열정과 분노, 걱정과 불안이 있었고, 땀과 눈물의 짭짤한 맛이 있었다. 그런 가운데 나를 지키고 일상을 지키고 주위를 지키고 생각을 지키려 몸부림쳤던 물밑 흔적이 남아 있어, 와락 나를 안아주고 싶었다. 이렇게 살아왔구나! 결국 "위로받으려 글을 쓴다"는 말은 절반쯤 맞는 것 같다. 나는 그렇게 스스로 위로받았고, 그 위로가 지금 이 글을 읽는 당신의 물길에 닿고 발길을 응원하며 조금이나마 주위와 나눌 수 있다면 고맙고 뿌듯하겠다.

　내가 가진 무엇을 잃지 않으려 애쓰는 것도 물론 지키는 일이다. 자신에게든 누구에게든 다짐한 약속을 깨지 않으려 노력하는 것도 지키는 일이며, 마땅히 해야 할 일을 하고 있어야 할 곳에 있는 것도 과연 지키는 일, 평소와 같은 오늘을 이어가는 일상 자체가 지키는 삶이다. 세상을 휩쓴 역병의 시대에는 '지켰다'는 매듭 자체가 자랑이고 성취가 되었다. 혹 튕겨 나간 일탈의 조각이 있었더라도, 그보다 더 많은 '지키는 마음' 덕분에 세상은 지켜진다는 사실 또한 새삼 배우게 되었다. 우리는 모두 잘하고 있다.

　윙— 다시 냉장고 돌아가는 소리가 들린다. 건물 안 모든 조명이 힘을 잃고 소화전 등불 하나만 어둠 속에서 붉게 빛을 발한다. 밝을 때는 보이지 않던 저것도 언제나 자기 자리를 지키며 제 몫을 다하고 있었구나. 이젠 나가야 할 시간. 방역을 준비하는 보안 요원들의 구둣발 소리가 복도에 울린다. 손전등 불빛이 사선으로 천장을 휘젓는다. 어쨌든 오늘 지나면 내일이 올 테고,

다시 편의점은 문을 열겠지. 아무 일 없었다는 듯 내일의 지킴을 시작하겠지. 그렇게 하나씩 지켜가는 가운데 세상은 톱니바퀴처럼 돌아가고 우리는 한 발 앞으로 나아가며 살아가지 않을까. 마스크를 추켜올린다. 메모장을 덮는다. 가게 셔터가 단단히 잠겨 있는지 다시 확인한다.

당신은 어디에서 무엇을 지키는 사람인가요.

저는 편의점을 지킵니다만.

차례

차례

차례

차례

2부

비밀, 지킴

3부

우리, 지킴

4부

내일, 지킴

에필로그

사람과 사람 사이 관계는 립파이를 만드는 일과도 같아
겹겹이 층이 쌓일수록 단단하고 폭신해진다.
숱한 사람이 오가는 편의점은, 관계의 폭은 넓지만 두께는 얇디얇은 곳.
하지만 한 겹 두 겹 인연이 층을 쌓고, 하루하루 일상이 모이고 지켜져
우리의 관계 또한 세월 따라 단단하고 폭신해진다.

1부

오늘도 지킵니다, 편의점

하루, 지킴

편의점 수학 선생님

저녁 6시. 어김없이 삼총사가 나타났다. 지은, 연경, 승하. 오천 원짜리 지폐 한 장 소중히 들고 편의점을 찾았다. 오늘도 그것을 모두 탕진해야 한다는 어여쁜 사명 하나 안고 편의점 문을 열었다.

여자아이들은 저렇게 손을 꼭 붙잡고 다니는 유전자라도 갖고 태어나는 걸까. 여섯 살 동갑내기 녀석들이 20년 지기 친구라도 되는 양 다정히 손 맞잡고 편의점 안을 누빈다. 서로가 서로를 이끌며 음료수 냉장고 앞으로 갔다가, 비스킷 진열대로 갔다가, 초콜릿 근처에서 웅성거리다가, 아이스크림 냉동고 쪽으로 우르르 몰려가기도 했다가, 편의점 통로를 이리저리 오가며 쇼핑을 즐긴다. 오늘은 뭘 살까? 일생일대 선택을 해야 하는 지독한 갈등 상황. 모여 앉아 고민과 숙의를 거듭하다, 드디어 결정했나 싶더니 또다시 젤리 앞에 집결해 한참 꽁냥꽁냥 속삭이다가, 각자 '오늘의 과자' 하나씩 최종 선택해 편의점 계산대 위에 올려놓는다.

이럴 때는 정욱이가 나선다. "지은이, 연경이, 승하 왔어?" 그래, 이럴 때는 정욱이가 제격이지. 나는 속 보이는 자본주의 미소와 함께 상업적 멘트를 던지지만 내 친구이자 우리 편의점 직원인 정욱이는 정말 이뻐죽겠다는 표정으로 어린이 손님들을 맞는다. 냉동 인간 정욱이가 달라지는 하루 유일한 순간.

"숙녀 여러분, 오늘은 뭘 골랐을까?" 정욱이가 계산대 위를 쓱 훑는다. "지은아, 다른 걸로 바꿔 와야겠다." 상품을 정리하고 있던 나는 오늘은 또 무슨 일인가 싶어 뒤돌아본다. 어이쿠. 지은이가 4,800원짜리 하겐다즈 아이스크림을 골라 왔구나. 그걸로 삼총사의 5,000원은 턱밑까지 찼다. 연경이가 고른 젤리는 1,200원짜리, 승하가 선택한 초코 과자는 1,500원짜리. (모두 합쳐 얼마?)

지은이가 하겐다즈 아이스크림을 제자리에 갖다 놓고 새로운

"1천 2백 원에 1천 5백 원을 더하면 얼마야?"

"3천 3만 원요!"

상품을 고르는 사이 정욱이가 묻는다. "승하야, 1천 2백 원에 1천 5백 원을 더하면 얼마야?"

여섯 살 아이가 손가락 발가락 다 동원해봤자 제대로 된 답이 나올 리 없다. "3천 3만 원요!" 승하의 기발한 셈에 손님들 모두 깔깔깔. 사람들이 왜 웃는지 모르면서 꼬마 손님들까지 덩달아 까르르까르르. 바람 따라 한들한들 봄꽃 흩날리는 모양이 편의점 창밖으로 아른거린다.

정욱이가 짐짓 진지하게 금고에서 천 원짜리 지폐 두 장을 꺼내 삼총사 앞에 펼쳐 보인다. "이렇게… 1천 원 더하기 1천 원은 얼마?" "2천 원요!" 삼총사가 일제히 답한다. 알고 있군. 그럼 이번에는… 금고에서 동전을 한 줌 꺼내 하나씩 더해가며 묻는다. "5백 원 더하기 2백 원은 얼마?" 지은이가 정답을 말한다. "7백 원요."

그래, 그렇지! 정상까지 얼마 남지 않았다는 표정으로 정욱이가 삼총사에게 묻는다. "7백 원에 2천 원을 더하면 얼마지?"

"7백 2천 원요!" 연경이의 확신에 찬 대답에 일동 또다시 까르르르르. 아이들 뒤에서 인내심 있게 이 광경을 지켜보던 손님도 함께 웃는다. 나는 다른 손님의 계산을 돕고, 그러는 사이 정욱이는 수학 선생님 노릇을 계속한다. 지은아, 4천 5백 원 더하기 1천 원은 얼마야? 승하야, 1천 원 더하기 4천 원은 얼마? 연경아, 4천 원이 더 커, 5천 원이 더 커? 오늘처럼 누군가 큼지막하게 4,800원짜리 하나를 골라 오면 모두 합쳐 5,000원이 훌쩍 넘어간단 사실을 가르쳐주는 일이 이토록 험난한 고갯길이란 말인가. 벡터함수와 공간곡선, 행렬의 대각화를 가르치는 대학 교수님도 저토록 사명감에 이글거리는 눈빛은 아니리라.

우리 편의점 건물 5층에는 어린이집이 있어 오후 시간이면 꼬마 손님들이 적잖이 왕림한다. 아이들 데리러 온 할아버지 할머니까지 따라오셔서 편의점 연령대가 순식간에 다양해진다.

저녁에는 구내식당에서 식사를 해결하는 가족도 꽤 있다. 그럴 때면 부모님들은 오천 원짜리 지폐 한 장을 자녀들 손에 쥐여주고 '실물경제' 유학을 보낸다. 아이들은 우당탕탕 신나게 편의점으로 달려온다. 그 시각, 정욱이와 나는 일일 선생님이 된다. 이 물건 저 물건 조몰락거리는 아이에게는 공중 예절 가르치는 도덕 선생님이 되고, 때로 (아주 간혹) 거친 말을 하는 아이에겐 예쁜 말을 쓰라고 묵직한 목소리로 타이르는 국어 선생님이 된다. 덧셈 뺄셈 가르치는 수학 선생님은 기본. 아이들이 먹기에 적당하지 않은 간식을 골라 오면 무뚝뚝하게 고개 젓는 영양사 선생님이 되기도 한다. 정욱이는 여기에 한술 더 뜬다. 편의점에 들른 승하 아버지에게 "엊그제 승하랑 지은이가 좀 데면데면한 것 같던데, 무슨 일 있었어요?"라고 조용히 묻는 오지랖까지 펼쳐 보인다. 이러다 어린이집 명예 교사 되시겠다.

확실히 정욱이는 다르다. 아이들을 좋아한다. 가식적인 나하고는 다르다. 한번은 손님이 뜸한 나른한 오후에 정욱이랑 계산대 안에 있는데 녀석의 휴대폰이 울렸다. 화면을 보더니 고개를 갸웃하고는 통화 버튼을 눌렀다. 그러고는 슬며시 창고 안으로 들어갔다.

"왜? 무슨 일 있는 거니?"

평소 정욱이가 손님을 맞을 때는 거의 들을 수 없는, 다정다감한 목소리였다. 오호라, 정욱이에게 드디어… 드디어! 청력 안테나의 끝을 편의점 창고 쪽으로 바짝 추켜세우고 대체 무슨 이야기를 나누는지 염탐했다. 녀석의 통화는 한참이나 계속됐다. 전화를 건 쪽에서는 우는 것 같았고, 정욱이는 그 사람을 다독다독 달래느라 애쓰는 분위기였다. 여친이 힘든가 보구나. 둘이 싸웠나?

통화를 마치고 돌아온 정욱이 어깨를 툭 치면서 히죽 웃었다. "축하해!" 녀석은 웬 뜬금없는 소리냐는 표정으로 시큰둥하게 나를 보더니 편의점에서 제일 큰 비닐봉지를 꺼내 진열대 앞으로 갔다. 그리고 과자를 쓸어 담기 시작했다.

"뭐야? 뭔 일인데 그래? 누구야?" 내가 물었다.

"우리 조카."

"조카?"

"응. 엄마한테 야단맞았나 봐. 오늘 퇴근하고 누나 집에 좀 갔다 와야겠다. 과자로 위로해줘야지."

이런 다정다감한 배려심을 다른 대상에게 쏟아부었으면 지금껏 7백 2천 번도 더 연애하고 결혼했을 것을.

삼총사가 가고 나니 이번에는 쭈뼛 시환이가 등장했다. 네 살 시환이는 가격과 숫자에 대한 가늠이 삼총사보다 과감(?)하다. 그냥 아무거나 막 집는다. 뭐든 다 가져가려 한다. 이건 안 돼, 저건 안 돼, 오늘도 한참 골치 아프게 생겼다. 그럴 때 정욱이는 쏙 빠지고 시환이는 언제나 내 담당이 된다.

아이고, 시환 어머님! 요새 천 원짜리 한 장으로 살 수 있는 과자가 별로 없어요. '수업료' 좀 살짝 인상해주시면 안 될까요?

채송화-민들레 커플링 사건

　"봤어요?"

"뭘요?"

"반지."

"반지?"

　방금 전, 남자 손님 한 분이 계산을 마치고 자리를 떠났다. 손님의 별명은 오늘부터 '민들레'. 이 손님은 원래 반지를 끼고 다니지 않았다. 그런데 오늘, 왼손 약지에 그동안 못 보던 반지가 나의 '매의 눈'에 포착되고 말았다. 그래서 "봤어요?" 하고 계산대 옆에 있던 직원 희숙 누님에게 물은 것인데, 누님은 "뭘요?"

하며 되물었다. 영문을 모르겠다는 표정이다.

"그 반지가 말이죠, 채송화 손님이 끼고 다니는 반지랑 똑같아요." 희숙 누님 얼굴에 이내 희미한 미소가 번진다.

많고 많은 별명 가운데 그 남자 손님은 왜 '민들레'인가. 우리 편의점 식구들끼리 '채송화'라 부르던 여자 손님이 있었다. 당시 인기리에 방영되던 드라마의 주인공, 채송화 의사 선생님과 모든 면이 비슷해 우리 편의점 '작명 위원회'에서 (물론 그런 위원회가 실제로 존재하지는 않습니다) 그렇게 결정했다. 채송화 손님과 커플링을 공유하는 손님이니 별명은 민들레. 나도 참 작명 센스하고는….

"왜 남의 손을 훔쳐보고 그러세요?" 의심스런 눈빛으로 흘겨볼 독자들도 계시겠다. 손님이 상품을 골라 계산을 치를 때, 멀뚱히 천장만 바라보고 있을 수는 없으니 손님의 어딘가를 보긴 봐야 하는데, 눈을 마주 보면 좋겠지만 그건 좀 불편하게 여기는 분들이 많고, 그렇다면 남는 것은 어깨나 팔 정도. 신용카드를 직접 단말기 슬롯에 꽂거나 휴대폰을 이용해 각종 페이로 결제하는 손님이 늘면서 시선은 갈수록 아래로 향하게 되었다. 그래서 손을 본다. (동시에 모니터도 본다.) 손님이 성급하게 신용카드

를 뽑아내지는 않는지, 아직 결제가 끝나지도 않았는데 휴대폰을 거둬들이지는 않는지, 끝까지 예의 주시하는 것이다. 그러니까 일종의 장사 습관이랄까. 혹은 직업병(?)이랄까. 보지 않으려해도 '손'을 보게 된다.

하루에도 수백 명, 그렇게 남의 손을 보다 보면 손에 대한 나름의 철학이 생긴다. 상권에 따라 어떤 편의점은 뭉뚝하고 거친 손을 가진 손님이 많고, 하얗고 기다란 손가락을 지닌 손님이 대세인 편의점도 있으며, 까맣게 기름때 낀 손이 자주 보이는 편의점도 있다. 반질반질 윤이 나는 손이 있고, 갈라진 손이 있고, 특정한 손가락이 유난히 긴 손도 있다. 당연한 말이지만 사람만큼 손도 다양하다. 한번은 어떤 할머니 손님이 동전 주머니에서 꼬깃꼬깃한 지폐를 꺼내 펼치시는데, 쭈글쭈글 검버섯이 가득한 그 손이 오래전 돌아가신 우리 할머니 손 같아 울컥 눈물이 날 뻔한 적도 있다. 바르르 조금씩 떨리는 손에서 따스한 체온이 느껴졌다.

그런가 하면 등판에 호랑이나 용 문신이 꿈틀거리고 있을 법한 아저씨 손님이 들렀는데 계산할 때 보니 오동통 아담한 손을 곱게 내밀어 하마터면 '풋' 웃을 뻔한 적도 있고, 여름에도 긴팔 셔츠를 입고 다니는 단골손님이 있어 왜 그런가 했더니 소매 둘레 사이로 화상 자국이 드러나 가슴이 아린 날도 있었다. 그렇게 하루에도 수백 명의 '손'님들을 맞이한다.

채송화-민들레 손님의 손가락에 있던 반지도 그런 과정 속에 우연히 시야에 들어온 것일 뿐, 그리 특별한 이유는 없다. 게다가 그 반지 모양이 워낙 러블리했어야 말이지.

사람들은 남의 연애 이야기 듣길 좋아하니 이 러브 스토리의 결말부터 말해야겠다. 처음엔 긴가민가했다. 그 반지가 꽤 특이하게 생기긴 했으나 우연의 일치일 수 있다고 생각했다. 그런데 우리 편의점 '커플 판정 위원회'에서 보충 수사(?)를 진행하며 정밀 감식한 결과 (물론 그런 위원회 역시 실재하지는 않습니다) 두 사람은 사귀는 것이 분명하다는 최종 판결이 내려졌다. 채송화와 민들레 손님이 편의점을 찾는 시간, 서로 구입하는 상품의 상관관계, 월요일 표정 등등 단서는 많았다. 두 사람을 커플로 인정합니다, 땅땅땅!

셜록 홈스나 필립 말로에 빙의하여 우리는 온갖 추리를 펼쳤다. 봉준호 감독이라도 되는 양 자유자재 스토리텔링까지 펼쳐나갔다. 두 사람의 표정이 함께 좋지 않으면 "싸웠나 보군" 하면서 우리끼리 소곤거렸고, 함께 표정이 밝으면 "화해했나 보구나"

하면서 우리끼리 만세를 불렀다. 당사자들은 전혀 알지도 못할 텐데 순전히 우리끼리 그렇게 천지신명님께 이뤄지게 하소서, 이뤄지게 하소서, 잘되게 하소서, 기도했다. 왜 그랬던 것인지는 모르지만 그냥 자연스레.

그런데 우리 편의점 식구들이 채송화-민들레 커플의 탄생을 '대박'으로 여겼던 이유는 따로 있었다. 패션 잡지 모델로 나선 대도 손색이 없을 만큼 두 사람이 선남선녀 커플이기도 했지만, 이들이 서로 다른 회사의 직원이었기 때문이다. 우리 편의점이 위치한 건물에는 여러 회사가 입주해 있는데, 사원증이나 복장, 평소 어울리는 사람을 보고 어느 회사 직원인지 대충 가늠한다. 채송화와 민들레 손님은 완전히 다른 회사를 다녔다. 남녀 관계의 만유인력은 하늘도 모르는 법이라더니 그들은 어떻게 이어지게 되었을까? 그러니 정확히 말하자면 그들은 사내 커플이 아니라 옥내屋內 커플! 사내 커플보다 더 희귀한 연분이랄까. 황량한 도심의 건물 안에도 채송화와 민들레는 다정히 뿌리를 잇고 꽃을 피웠으니….

이런 에피소드를 이야기하면 '이크, 앞으로 편의점에 가면 손을 조심해야겠군' 하면서 슬그머니 손을 뒤로 숨길 손님들이 늘어나겠다. 걱정 마시라. 하루에도 수백 명, 수천 명 손님이 드나드는 편의점이다 보니 얼굴조차 기억 못 하는 손님이 태반이다. 채송화-민들레 커플의 경우는 '매의 눈'을 갖고 있는 내 특이한 습관이 만들어낸, 10년에 한 번 있을까 말까 한 희귀한 에피소드다. 그러니 이렇게 책에 실렸겠지.

이 이야기를 아내에게 들려줬더니 "나는 채송화, 민들레 손님이 커플링을 끼고 있었다는 사실보다 당신이 그걸 발견해냈다는 사실이 더 놀랍다"며 비웃는다. 하긴 그렇다. 미용실에 다녀온 아내가 "뭐 바뀐 것 없어?" 하고 물어도 "옷 새로 샀구나, 이-쁜데!"라고 말했다가 분노의 꼬집힘을 당했던 내가 말이다. 하루 서너 번 찾아오는 단골손님이 즐겨 피우는 담배 이름 하나 변변히 기억 못 해 매번 다시 묻는 내가 말이다.

채송화-민들레 커플은 그 뒤로 어떻게 됐냐고요? 오늘 아침 민들레 손님이 편의점에 들러 2+1 우유 두 개를 사 갔고, 점심 무렵 채송화 손님이 찾아와서는 민들레 손님이 맡겨놓은 우유 하나를 찾아갔답니다. (제가 운영하는 프랜차이즈 편의점에는 스마트폰 앱을 사용해 행사 상품을 보관하고 다른 사람에게 전달해주는 기능이 있습니다.) 앞으로도 두 사람, 예쁜 사랑 이어가시길. 그리고 청첩장 나오면 편의점에도 슬쩍 건네주시길. 반지의 비밀은 우리가 잘 지켜드리고 있답니다.

포스트잇

———— 아내는 저를 보고 '매의 눈'이 아니라 '매를 버는 눈'이라고 합니다.

언제 봐도 정직한 얼굴

《알리바바와 40인의 도둑》에 나오는 비밀의 동굴처럼 스르르 편의점 셔터가 내려갈 때면 저만치 복도 끝에서 말발굽 소리 같은 것이 들렸다.

"아저씨, 잠시만요. 잠깐만요!"

어느 관공서 내부에 위치한, 편의점이라기보다 매점에 가까운 그곳은 아침 7시에 문을 열어 저녁 7시에 영업을 마쳤다. 그 편의점을 3년간 운영했다. 저녁 7시, 셔터를 내릴 때가 되면 꼭 부리나케 뛰어오는 사람들이 있었다. 구내 편의점이 문을 닫으면 꽤 먼 거리를 걸어 나가야 하는 관공서였다. 떠나가는 막차

잡으러 손 흔들며 쫓아가는 승객처럼, 숨이 턱에 닿도록 헐떡이며 마지막 손님은 달려왔다.

'끝' 손님은 늘 '큰' 손님이었다. 야근을 준비하는 손님이렷다. 문 닫을 시간에 찾아와 미안하다는 표정으로 손님은 눈에 보이는 족족 상품을 쓸어 담았다. 밤늦게까지 일하면서 드셔야 할 빵, 삼각김밥, 샌드위치, 음료, 과자, 사탕, 젤리, 초콜릿…. 그럴 때마다 나는 여유로운 눈빛으로 고개를 끄덕이면서 세상 가장 자애로운 미소를 만들어 보였다. 괜찮아요. 정말 괜찮아요. 다─양해할 수 있어요. 장바구니 넘치도록 그득 담기만 하세요.

그날도 그런 날이었다. 저녁 7시 15분쯤 되었을까. 문 닫고 매상 마감하고, 옷 입고 나가려는데 손님이 들어왔다. 아직 사람이 있어 천만다행이라는 표정이었다. 괜찮아요. 정─말 괜찮아요. 그득그득 담기만 하세요.

역시 큰 손님이었다. 역대급 태풍이 몰려온다는 소식 듣고 쟁이러 온 사람처럼 장바구니를 가득 채웠다. 괜찮았다. 정─말 괜찮은 손님이었다. 물경 10만 원어치를 구입했다. "모두 해서 10만 3천 원입니다. 3천 원 떼고, 10만 원만 주세요." 인심 좋게, 끄트머리 3천 원까지 떼어줬다. (프랜차이즈 편의점이 아니니 '에누리'

도 가능!) 손님은 함박웃음을 지었다.

그런데 그 손님, 갑자기 주위를 두리번거리기 시작한다. "어? 어딨지? 지갑이 어디로 갔지?"

앞주머니, 뒷주머니, 속주머니, 다 뒤져봐도 없단다. 분명 지갑을 들고 나왔는데 복도를 뛰어오다가 어디에 떨어뜨린 것 같다나? 아는 사람 같으면 "뭘 그런 걸 갖고 그러세요. 헤헤헤" 하면서 내일 오라고 했을 텐데, 선뜻 외상을 내줬을 텐데, 그 손님은 처음 보는 얼굴이었다. 단호할 수밖에.

"이거 어쩌죠. 다시 사무실에 다녀오셔야겠네."

허허, 이 양반… 괜찮은 손님이 아니라 귀찮은 손님이었네. 벽시계를 올려 보며 난감한 표정을 지었다. 재촉하는 눈빛을 보냈다. 그랬더니 그 손님, 급히 낯빛을 바꾼다.

"헤헤헤, 아저씨 왜 그러세요. 우리 사이에."

우리… 사이? 좀 엉뚱하다는 표정을 드러내 보였다. 이제 손님은 "제가 여기 10년 단골이란 말이에요" 하고 더욱 넉살 좋게 웃는다. 내가 거기서 편의점을 운영한 지 1년쯤 되었을 때였다. 분명 처음 보는 얼굴이다. 물론 그곳에 편의점이 자리한 지는 10년이 넘었지만, 역시 나로서는 처음 보는 얼굴이었다.

그래서 말인데 어느 부서, 누구냐고 물어봤어야 했다. 연락처라도 적어놨어야 했다. 그런데 그날 나는 뭐에 씌었는지, 덜컥 '묻지 마 외상'을 내주고 말았다. 저녁 7시 넘어, 외딴 관공서 편의점에, 와이셔츠에 넥타이 바람으로 뛰어온 사람인데 설마 먹 튀(?)는 아니겠지 하고 생각했다. 여기 근무하는 누구이려니 했다. "그럼 내일 오세요, 헤헤헤" 하면서 묵직한 비닐봉지를 그에게 건넸다. "헤헤헤, 사장님 고맙습니다." 손님은 내일 아침 편의점 문 열자마자 찾아와 돈을 드리겠다 하면서, 연신 고맙다고 인사하며 복도 끝으로 유유히 사라졌다. 나는 손까지 흔들어 다정히 배웅했다. 헤헤헤. 헤헤헤, 언제나 그것이 문제로다.

손님은 오지 않았다. 다음 날에도, 그다음 날에도, 그다음다음 날에도 손님은 오지 않았다. 그날 이후, 편의점 앞을 지나는 사람들 얼굴을 유심히 살폈지만 비슷한 얼굴조차 찾지 못했다. 웬만한 편의점이라면 CCTV를 확인하면 될 텐데, 그곳은 관공서라서 CCTV도 설치하지 않아 '과학수사' 기법을 동원해 신원을 확인할 방법이 마땅치 않았다. 나만의 몽타주를 꼼꼼히 그려 우리 직원에게 "혹시 이렇게 생긴 손님 알아?" 하고 물었더니 웬 원숭이를 그려 왔느냐는 핀잔만 들었다. 헬로, 헬로, 미스터 몽키.

그렇게 그 손님을 잊었다. 내 기억력의 유통기한인 사흘을 넘겨 보름쯤 지났더니 그런 일이 있었다는 사실조차 부패하며 잊었다. 그렇게 한두 달쯤 지났을까. 의문의 전화를 한 통 받았다. "사장님 부탁합니다."

관공서 편의점에 전화가 걸려 오는 일은 일 년에 한두 번 있을까 말까 한 사건이다. 배송 기사 아저씨가 "폭설로 오늘은 점 착店着 | 점포에 도착 이 늦겠습니다"라고 양해를 구하는 전화라든지, "거기 민원실 맞아요?"라고 잘못 걸려 오는 전화를 제외하고는 전화기가 울릴 일이 거의 없었다.

어쨌거나, "내가 사장입니다" 했더니 상대는 자신을 방송국 기자라고 소개했다. 기자? 기자가 왜? 왜 편의점에 전화를? 보이스 피싱인가? 상대방은 대뜸 '돈' 이야기를 꺼냈다. "아저씨, 제가 실은 거기에 10만 원 정도 외상값이 있는데요…." 잡았다, 요놈!

그는 우리 관공서에 출입하는 어느 방송국 기자였는데, 그날 후배들 격려차 야근 간식을 샀던 것이고, 다음 날 바로 갚으려고 했는데 갑자기 사건이 생겨 현장으로 달려갔던 것이고, 곧이어 출입처가 바뀌었고… 하면서 주절주절 자신의 사연을 풀어놨다. 그러면서 은행 계좌를 알려주면 바로 입금하겠다고 했다. 오오오! 당연히 받을 돈을 받는 것인데 예상찮은 보너스를 탄 기분이었다. 주저 없이 내 개인 통장 번호를 불러줬다. 그 손님이 괜찮은 손님이었다가, 귀찮은 손님이었다가, 다시 꽤 괜찮은 손님이 되는 그런 순간.

시간은 흐르고 흘러 어느 해 봄. 선거일이라 가게가 쉬어 투표 후 개표 방송을 기다리고 있는데 '아는 얼굴'이 TV에 나왔다. 어, 어, 어? 저 사람 어디서 봤는데? 기억을 더듬었다. 맞다, 그 사람이다! 괜찮은 사람이었다가, 귀찮은 사람이었다가, 다시 괜찮아진 그 사람. 개표 방송을 진행하고 있었다. 아는 얼굴이 TV에 나온다고, 소파에서 벌떡 일어나 기뻐했다. "햐, 잘생겼네, 잘생겼어! 미남이야, 미남! 얼굴에 그냥 '진실만을 말합니다'라고 쓰여 있네, 쓰여 있어!" 거실에서 호들갑을 떨었다.

아내가 누구냐고 묻길래 외상 사건 이야기를 꺼냈고, 아내는 기억난다는 듯 고개를 끄덕였다. "그러게 평소에 TV를 자주 봤으면 곧장 잡을 수 있었잖아" 하면서 서로 호탕하게 웃었다. 그렇게 다시 TV를 보고 있는데, 사과를 깎던 아내가 과일칼을 천천히 내려놓으며 묻는다. "그런데 말이야, 그때 그 외상값 10만 원을… 받았다고?"

"응."

"어디로? 어떻게?"

나는 물끄러미 창밖을 봤다. 명랑한 음악이 흘러나오던 화면이 음 소거 버튼을 누른 듯 순간 조용해지더니 세상은 온통 새파란 적막에 휩싸였고 나는 안방으로 끌려 들어갔다. 머언 곳에 나지막이 들려오는 한 남자의 외로운 비명. 헬로, 헬로, 미스터 몽키.

편의점엔 언제나 수많은 손님들이 오간다. 손님은 편의점 주인이 손님들을 잘 안다고 생각하지만 사실 얼굴조차 모른다. 오늘도 누구에게나 웃어주면서 '아는 척', '친한 척'하는 것이다. 한편으로, 손님은 편의점 주인이 손님들을 잘 모른다고 생각하지만 유난히 기억에 남는 얼굴이 있다. 우리는 그런 변증법 가운데 세상을 살아간다. 정正, 반反, 합合.

오늘도 TV에서 '아는 사람'을 만난다. 친구들에게는 '아는 기자'라고 자랑한다. 언제 보아도 괜찮은 사람이다. 진실만을 말할 것 같은 정직한 얼굴이다. 그런데 방송국 편의점에서도 외상을 주던가요?

돌아오라, 편의점의 탕자여

새해가 되면 전국 편의점엔 일제히 실종 사건이 일어난다. 분명 하루에 한두 번 혹은 서너 번, 편의점 문턱이 닳도록 찾아오던 손님인데 발길을 뚝, 끊는다. 그렇다고 크게 상심하거나 애먼글면 속 태울 필요까진 없을 것이니 길어야 한두 달, 빠르면 사나흘, 뒤통수 긁적이며 다시 나타날 손님들이다. 쑥스러운 목소리로 담배 진열장 가리키며 "저기… 제가 피우던 그거…"하며 말꼬리를 흐릴 것이다. 돌아오셨군요, 편의점의 탕자여.

새해가 되면 달달한 디저트 상품류 매출도 살짝 줄어드는 것이 느껴진다. 폭신폭신한 카스텔라에 생크림이 듬뿍 들어간 모찌롤을 하루 하나씩 사 가던 손님도 정초에는 매정히 마음을 끊는다. "오늘은 모찌롤 안 사?" 쇼핑 동료의 물음에 "올해는 다이어트 성공해야지!" 각오의 눈빛을 반짝인다.

이 또한 절절히 안타까워하거나 애통해할 필요까진 없을 것이니 길어야 석 달, 이르면 보름, 복숭아꽃 살구꽃 피기 전에 그 손님은 다시 찾아올 것이다. '이렇게 맛있는 녀석들을 내가 왜 외면했던 거지?' 하는 표정으로, 예전보다 맹렬히 모찌롤을 찾을 것이다. 늦게나마 회개하고 찾아온 당신을 축복합니다. 성부와 성자와 편의점의 이름으로 아멘. 어서 오세요, 편의점의 탕자여.

물론 손님의 건강을 위해 혹은 날씬한 몸매를 위해, 당분 높은 디저트류 섭취는 줄이는 것이 좋겠지요. 그러나 돌돌 말린 모찌롤, 말랑말랑 젤리에 의존해 살아가는 신세로서 말하자면 1월은 제법 섭섭함이 많은 계절이다. 여기저기 반짝 '다이어트' 결심이 는다. 그렇잖아도 편의점 매출은 여름보다 겨울에 뚜둑 떨어지는데, 매년 1월에는 '새해의 결심'이란 오래된 저격수까지 만나 고전을 치른다. 12월에서 2월로 그냥 달력이 넘어가면 안 될까, 엉뚱한 바람을 갖기도 한다.

그래도 역시 지나치게 슬퍼하거나 애달프다 가슴 치며 통곡할 필요까진 없을 것이니, 담배 대신 껌과 사탕이 팔릴 것이고, 모찌롤 대신 샐러드와 다이어트 음료가 팔릴 것이며, 그보다 더욱 중요한 사실이 하나 있으니, 그런 '결심'들은 대부분 돌아서더라는 경험적 확률! 언젠가 돌아올 당신이여. 믿고 기다렸어요, 편의점의 탕자여.

5, 4, 3, 2, 1! 댕, 댕, 댕— 제야의 종소리가 울리면 전국 편의점에는 동시에 신기한 일이 벌어지기 시작한다. 5초 전 세계와 지금 세상은 분명 달라진 것 하나 없는데, 5초 전까지는 쭈뼛 눈치 보던 사람들이 5초 후 갑자기 당당해지기 시작한다. 가슴을 쫙 펴고 편의점에 들어온다.

올해도 어김없이 자정이 지나자마자, 패딩 점퍼 입은 손님 두 명이 기다렸다는 듯 편의점 문을 열고 들어온다. 음료 냉장고에서 캔맥주 두 개를 꺼내 계산대 위에 올려놓는다.

"6천 4백 원입니다."

"담배도 하나 주세요."

"신분증 보여주시겠어요?"

그런 말이 나오기만 기다렸다는 듯, 손님들은 서로 자기 것을

"담배도 하나 주세요."
"신분증 보여주시겠어요?"

보여주겠다며 옥신각신 신분증을 내민다. 이쪽은 2002년 8월 20일생, 저쪽은 2002년 10월 8일생. 오호라, 두 분께서 '어른'이 되신 지도 벌써 2분 51초가 지났단 말이지요. 1월 1일생이든 12월 31일생이든 같은 해에 태어난 사람은 한날한시 성인이 되는 우리나라의 쾌도난마 같은 제도 덕분에, 우리는 신년과 더불어 쿨하게 평등해진다.

그러고 보니 2000년생이 벌써 성인이 되었구나! Y2K 때문에 세상이 대혼란에 빠지며 망할 것이라던 그해에 태어난 녀석들이 벌써 어른이 되었단 말이지. 그러고 보니 2001년생이 벌써 성인이 되었구나! 2000년이 21세기의 첫해인지, 2001년이 21세기의 시작인지 다투며 '세기적인 논쟁'을 하던 그해에 태어난 녀석들이 벌써 어른이 되었단 말이지. (2001년이 21세기의 시작!) 그러고 보니 2002년생도 벌써 성인이 되었구나! "짝짝짝짝짝, 대-한민국" 외치던 엄마 배 속에서 쪽쪽 손가락이나 빨던 녀석들이 벌써 술 담배를 빨 수 있는 나이가 되었단 말이지.

매년 편의점에서 시간의 흐름을 읽는다. 어쨌든 시간만큼은 누구의 의지와도 상관없이 앞으로 나아갔고, 우리는 언제나 새로운 시간이라는 출발선에 공정하게 서 있다. 코로나19가 세상을 뒤덮은 올해에 태어난 녀석들이 "담배 주세요"라고 <u>으스댈</u>

그날. 그날까지 나는 편의점 계산대를 지키며 앉아 있을 수 있을까?

　담배를 끊었던 손님이 다시 담배를 피우고, 다이어트에 뜻을 둔 손님이 다시 모찌롤에 손을 뻗고, 피웠던 담배를 끊고, 끊었던 담배를 피우고, 무너진 결심을 세우고, 세웠던 결심이 무너지고…. 회전목마처럼 돌아가는 풍경을 편의점 안에서 감상한다. 그런 시간 가운데 내가 있음을 가늠한다. 탕자처럼, 보류했던 꿈들도 제자리로 돌아와 하나둘 이루어지기를. 다시 돌아온 모든 것들을 더욱 따뜻하게 감싸고 사랑해줄 텐데.

냉정과 열정 사이

"아저씨, 이거 모레까지는 도착하겠지요?" 택배를 부치며 이렇게 묻는 손님이 꽤 많다. 급하지 않은 택배가 어디 있겠나. "택배 회사가 하는 일이라, 저희가 어떻게 말씀드릴 수 없어요." 너무 차갑지 않게, 그렇다고 뜨겁지도 않게, 섭씨 15도쯤 정도 되는 목소리로 대답한다. 손님의 얼굴에 옅은 그늘이 생긴다.

편의점 운영 초기에는 장담하는 일을 자주 했다. 오늘 같은 손님의 질문에도 싱글벙글 웃으며 "걱정 마세요, 수도권 택배는 길어야 2박 3일입니다. 모레까진 도착할 거예요"라고 호언장담했었다. 예전엔 약속하는 일도 자주 했다. 손님이 특정 상품을 찾으면 의기양양 "걱정 마세요, 내일까진 우리 편의점에 꼭 들어올 거예요. 나만 믿으시라니까 그러네!" 자신만만했었다. 뭘 몰라 그랬던 거지. 말에 책임이 따른다는 사실을 미처 돌아보지 못했다.

'본오본'이라는 초콜릿 과자가 있다. 큼직한 알사탕 모양으로 생겼는데, 초콜릿이 하나씩 단위 포장되어 있다. 편의점을 하기 전에는 그런 상품이 있는 줄도 몰랐다. 9년 전 편의점을 처음 오픈했을 때, 우리 편의점에 본오본이 있었다.

"우와, 본오본이다!"

그 손님은 본오본을 좋아했다. 좋아하는 정도가 아니라 열혈팬 수준이었다. 매일 오후 편의점에 들러 서너 개씩 사 가고, 오늘은 안 보이네 싶어 궁금할 참이면 퇴근 무렵에라도 찾아왔다. 그래서 마음속으로 그녀에게 '본오본'이란 별명을 지어줬다.

"회사 편의점에 본오본이 있으니까 너무 좋아요. 중학교 때 매점에 본오본이 있었는데요, 책상 서랍에 넣어두고 수업 시간에 몰래 꺼내 먹다가…"

초롱초롱 추억을 말했다. 본오본에 네 가지 맛이 있단 사실도 그 손님을 통해 처음 알았다. 어느 날 모든 종류를 다 갖춰놨더니 손님은 뛸 듯 기뻐하며 고맙다는 인사까지 했다. 내가 장사하려고 갖다 놓은 상품인데 고맙다는 말을 들었을 때, 장사치에게 그보다 기쁜 순간이 어디 있을까. 거참, 초콜릿 하나가 뭐라고.

그러던 어느 날, 본오본이 떨어졌다. 그 손님만 집중적으로 사가던 상품이었는데 내가 재고 관리에 잠깐 소홀했던 것 같다. "내일까진 갖다 놓을게요, 걱정 마세요" 하고 손님을 돌려보냈다. 실망하는 기색이 역력했다. 거참, 초콜릿 하나가 뭐라고.

다음 날, 큰일이 벌어졌다. 내가 또 깜박한 것이다. 순간 거짓말을 했다. "아이고, 요즘 본오본이 인기가 많은가 봐요. 주문을 넣었는데 안 들어왔네. 헤헤헤." 벌건 낯빛으로 뒷머리를 긁적이며 말했다. 그러고는 쭈뼛거리며 돌아서 내 할 일을 하고 있었는데 등골에 싸늘한 무엇이 흘러내리는 것이 느껴졌다. 뭐지? 이 느낌은?

돌아보니 손님은 그 자리에 있었다. 나를 흘겨보고 있었다. 두 눈에 눈물이 글썽했다. 아이고, 이것이 울 일이란 말인가. 내가 천하에 나쁜 놈이라도 된 것 같아 안절부절못했다.

사소한 이야기로 들리겠지만 나로서는 오랜 시간이 지났어도 기억하는 일이다. 아직도 본오본을 볼 때마다 그 손님이 떠오른다. 짧게 줄이느라 이렇게 서술했지만 사실은 내가 주문을 잊은 적이 한두 번 더 있었고, 물류 회사 사정 때문에 상품이 들어오지 않은 날도 있었다. 게다가 나중에는, 무슨 이유 때문인지, 편의점 본사에서 전국 가맹점에 본오본 공급을 잠깐 중단하기까지 했다. 이상하게 일이 자꾸 꼬였다. 손님과 약속을 여러 번 어겼다. 그 뒤로는 약속하는 일, 호언장담하는 일을 잘 하지 않는다. 내 뜻과는 다르게 어긋나는 경우도 생기는 법이니.

반대의 상황도 있다. 꼭 갖다 놓으라고, 자기가 사겠다고 특정 상품을 지목하고는 사 가지 않는 손님이 있다. 편의점의 노쇼 No-Show랄까. 그게 음료나 과자라면 그러려니 하겠는데, 비싼 잡화라면 사정이 달라진다. 우리 편의점 상권에서는 영영 팔릴 것 같지 않은 상품이라면 좀 답답해진다. 진열대 위에 덩그러니 놓여 있는 그 제품을 볼 때마다 "꼭 갖다 놓으세요" 간청하던 그 목소리가 떠오른다. '영원하자' 다짐했던 그때 그 맹세, 어디로 잊으셨나요.

"안 팔리면 본사에 반품하면 되지 않나요?"라고 물을 독자들이 계실 텐데, 반품에도 '비용'이 든답니다. 아예 반품을 할 수 없는 제품도 있어요. 음료나 과자라면 제가 꿀꺽꿀꺽 먹어버리겠지만 여성용 속옷이나 청결제라면 역시 꽤 곤란하지요. 한번은 반려견 사료를 갖다 놓으라고 해서 갖다 놨는데, 팔리지 않아 난감했습니다. (어떡하지?)

말이 나왔으니 '약속'에 대해 돌아보면, 알바들에게도 약속을 종종 했던 것 같다. 시급이나 주휴수당, 퇴직금이야 법규대로 지급하는 것이고, 개인적으로 가장 많이 했던 약속은 역시 근무시간을 조율해주는 일이다.

채용 공고문 한번 내걸면 수많은 지원자가 몰리고, 그래서 편의점 점주로서는 사람의 소중함에 다소 소홀해지는 측면마저 있지만, 어쨌든 그중에서도 '이 사람과는 오랫동안 함께하고 싶다' 생각이 드는 '눈에 띄는' 친구가 있다. 그런 알바가 갑자기 쉬어야겠다거나 오전 근무 시간을 오후로 바꿔달라는 식으로 부탁하면 역시 난감해진다. 들어주자니 나에게도 일이 있고, 안 들어주자니 소중한 인재를 한 명 놓칠 것 같고…. 알았다고 덥석 고개를 끄덕였다가 갑자기 일이 생겨 난처한 입장에 처하기도 한다.

한번은 주말 알바 K가 학교에 중요한 실습이 있다며 오전 근무만 하겠다고 했다. 오후에는 내가 일하면 되겠지 싶어 그러라

했는데 알고 보니 그날 후배 결혼식이 있었다! 축의금 내고 사진 찍고 후다닥 뛰어가면 되겠다 생각했는데, 아뿔싸, 예식장 주변 교통 상황이 말이 아닌 것이다. 차를 그대로 세워놓고 대중교통을 이용하면 되었을 것을, 기어이 도로에 나섰다가 이러지도 저러지도 못하는 갇힌 신세가 되었다. K는 자꾸 문자를 보내고, 나중엔 거의 울상이 되고, 나는 자동차 핸들을 톡톡 치며 손톱만 물어뜯었다.

그러다 그냥 편의점 문 닫고 얼른 학교에 가라고 했다. 어차피 주말엔 손님도 별로 없으니 괜찮다고, 그냥 가라고. 그렇게 말하니 내 마음도 한결 홀가분해졌다. 천천히 여유롭게, 거의 한 시간쯤 늦게 편의점에 도착했다. K는 아직 편의점에 있었다. "뭐야? 실습하러 안 가?" 놀라 물었더니 담담하게 말한다. "교수님께 사정을 말씀드렸더니 다음 기회로 옮겨주시겠다고 해서요." 자세히 이야기를 들어보니 그러면 약간 불이익이 생기는 것 같았다. 그래도 덜컥 편의점을 비워두고 갈 수는 없었다나. 오만 가지 감정이 밀려왔다. 이깟 편의점이 뭐라고. 그것도 알바가.

물론 실제로는 반대 상황이 더 많다. 갑작스레 나오지 않아 전화를 걸어보면 받지 않다가, 문자로 태연히 "그만둘래요" 하고

일방 통보하는 알바들이 더 많다. "급여는 여기로" 하면서 계좌번호 한 줄 달랑 적어 보낸다. 나는 고른다고 골랐는데 사람을 잘못 봤구나. 한 번씩 그럴 때마다 사람에 대한 기대감 같은 것이 무너지는 느낌이다. 심지어 나 자신을 질책하기까지

한다. 세상을 그토록 겪고도 사람 보는 눈이 고작 그 모양이라니, 에잇 바보!

사람을 많이 접하다 보면 사람에 대한 희망과 믿음 같은 것이 자꾸 생겨나야 할 텐데 현실은 다르다. 편의점엔 어디 이런 일뿐인가. 급여를 지급하면 다음 날 나오지 않는 알바가 숱하다. 자신이 10분 지각한 일은 천연덕스럽게 잊고, 근무 교대가 늦어져 10분 더 일했다고 목소리를 높이는 알바도 있다. 따질 것은 정확히 따져야겠지만 '어쩜 저렇게 자기중심적일 수 있지?' 싶은 때도 있다. 사람과 세상에 대해 그나마 갖고 있던 너그러운 감정마저 냉랭해지는 순간이다. '그래, 어디 한번 따박따박 따져봅시다' 하는 마음이 들면서 전의를 불태우게 만드는 사건마저 있다. 그래서 장사를 오래 한 편의점 점주일수록 사람을 대하는 태도

가 좀 시니컬한 측면이 있다. 잘 믿지 않고, 섣불리 기대하지 않는다. 내가 딱 그렇게 되어가는 중이다. 걱정이다.

이런 가운데 K 같은 친구가 있어 희망을 잃지 않으려, 사람에 대한 기대를 접지 않으려, 나름대로 애쓰고 노력한다. 긍정적인 방향으로 시선을 돌리려 애쓰고, 의식적으로 마음을 '좋은 추억' 쪽으로 쏟는다. 어쩌겠는가. 돌이켜 생각할수록 화만 돋우는 사람보다 얼굴만 떠올려도 마음이 화사해지는 그런 사람만 생각하면서 살아가야지. 그러기에도 부족한 시간이다.

택배 이야기하다가 본오본 이야기하다가 알바생 이야기하다가 우왕좌왕 여기까지 왔는데, 편의점을 처음 시작하던 때보다 내가 훨씬 사무적으로 변한 것은 사실이다.

정욱이는 처음부터 그걸 잘하는 친구였다. 손님이 "택배 언제 도착해요?" 하고 물으면 "모릅니다" 하고 끝. 본오본 같은 사건이 있었다면 (물론 나처럼 주문을 누락하는 실수 따위 애초에 하지 않았겠지만) 냉정한 신경외과 의사처럼 정욱이는 말했을 것이다. "없습니다. 다음에 오세요" 그러고 끝. 정욱이라면 분명 그랬을 것이다.

지키지 못할 약속은 처음부터 하지 않고, 선을 넘는 친절은 베풀지 않으려 심장에 제동을 건다. 사람에 대한 기대 또한 지나치게 하지 않는다. 어쩌다 내가 이렇게 돼버렸는지 모르겠지만, 그러니까 오히려 좀 평안하던데? 냉정과 열정 사이, 딱 그 중간 정도가 좋은 것 같다. 차갑지도 따뜻하지도 않은, 시월의 오후 2시쯤 되는 그런 온도.

그러니 택배는 언제 도착하느냐고 묻지 마세요. 저는 정녕 모릅니다요.

스승님 만세!

영대가 왔다. 영대는 내가 천호동에서 편의점을 하던 때 야간 알바로 일했던 녀석이다. 3개월쯤 함께 일했으려나? 하루가 멀다고 사람이 들어오고 나가는 편의점에서 3개월 근무 이력은 길다면 길고 짧다면 짧은 인연이다. 그래도 몇 년을 부대꼈는데 편의점 문을 열고 나선 이후로 완전히 남남이 되어버린 사람이 있고(원래 남남이었으니, 뭐), 잠깐 스친 인연이라 생각했는데 영대처럼 계속 연락을 주고받는 예외도 있다. 영대는 편의점을 나간 뒤 오히려 더 가까워진, 굉장히 특이한 경우다. 오롯이 영대의 거대한 친화력 덕분이다.

"요즘 뭐 해?" "버스 운전 배우고 있어요." "오호, 그건 왜?" "고속버스 기사 하려고요." "그거 경쟁이 치열하다고 하던데." "마을버스부터 시작해서 차근차근 올라가면 돼요." 편의점 창고 안에서 우리는 이야기꽃을 피운다. 자리에 앉자마자 영대가 버스 회사에 다닌다는 근황을 전했고, 우리는 각자 알고 있는 정보를 주고받았다. 배차 시간에 닿기 위해 얼마나 아슬아슬 곡예 운전을 해야 하는지, 차량은 또 얼마나 낡았고 잔고장이 많은지, 마을버스를 이용하는 손님의 이런저런 유형에 이르기까지 영대는 걸쭉한 경험담을 털어놓았다. 누가 보면 20년 경력 버스 기사인 줄 알겠다. (고작 2개월 차.)

들어보니 마을버스 손님들의 세계는 '편의점 월드'를 그대로 옮겨놓은 것 같았다. 어떤 부분에선 "오, 그런 일이?" 하면서 놀랐고, 또 어떤 부분에선 "맞아, 맞아" 물개 박수를 치며 공감했다. 우리는 신나는 만담漫談을 이어나갔다. 세상 어디든 사람 살아가는 공간의 스펙트럼은 대개 엇비슷하지 않을까. 마침 버스 운전기사님이 쓴 에세이 한 권이 있어 영대에게 건넸다.

영대가 우리 편의점에 면접 보러 왔던 날이 떠오른다. 사실 영대를 채용하지 않으려 했다. 비쩍 말라 왜소하고 얼굴에 솜털이

보송보송한 것이 고등학생 같았다. 청소년을 채용하려면 부모님 동의서가 필요하고, 야간 근무는 법적으로 금지되어 있다. 되돌려 보내려 했더니 스물한 살이라며 신분증을 내밀었다. 형이나 삼촌 신분증을 들고 온 것 아닌가 꼼꼼히 살펴봤을 정도다. 일이나 제대로 할 수 있을까 고개를 갸웃했는데 웬걸, 복덩이를 만났다! 언제나 제시간에 출근해 유쾌하게 교대하고, 담당이 아닌 일까지 솔선수범했다. 진열도 척척, 청소도 척척, 사고 처리도 척척. 영대는 뭐 하나 빠지는 구석이 없었다. 친절은 말할 것도 없고.

호기심도 많은 친구였다. 알바에게 진열을 가르쳐주면 대체로 수걱수걱 따르기만 하는데 영대는 꼭 그 '이유'를 물었다. 삼각김밥은 왜 이렇게 진열하는 거예요? 샌드위치는 왜 이런 식으로 놓는 겁니까? 이 상품은 왜 잠깐 뒤에 놓아두는 거지요? 컵라면 옆에 즉석밥을 진열하는 것이 맞지 않을까요? 우리 편의점에서 주방 세제는 잘 나갈 것 같지 않은데 꼭 여기에 진열할 필요가 있을까요?… 끊임없이 물었다. 하루 종일 묻고 또 묻는 서너 살 어린아이 같았다. 그래도 영대 덕분에 나도 생각 없이 되풀이하던 관행들을 되돌아보았고, 그러다 새로 고치고 바꾼 부분도 분명 있었다.

영대가 편의점을 그만둔 이유는 군 입대 때문이었다. 복덩이를 떠나보낸다니 섭섭하긴 했지만 나이도 찼고, 평생 편의점 알바만 할 수도 없는 일 아닌가. 내가 군대에 있을 때는 억겁의 시간처럼 시곗바늘이 멈춘 것만 같더니 영대는 어제 '갑니다' 하고 가서는 오늘 '충성!' 하고 돌아오는 식으로 전역했다. 그리고 설날, 추석은 물론 내 생일날까지 잊지 않고 문자를 보낸다. 때로 이렇게 불쑥 찾아오기도 한다.

"그런데 오늘은 웬일이야?" 영대가 머리를 긁적이더니 부끄러운 듯 파란 종이 상자 하나를 내밀었다. "오늘, 스승의 날이잖아요." 스승…의 날? 언감생심 꿈도 안 꿔본 날에 케이크를 선물로 받다니, 고맙지만 겸연쩍었다. "너 이렇게 사람을 막 감동시키고 그래도 되는 거야?" 하고 웃었다. 그러고 보니 스승의 날에 나는 은사님 생각을 하지도 않았네. 내게 반성의 시간을 만들어준 영대가 스승이다.

영대에게 알리지 않은 사실이 하나 있다. 영대가 우리 편의점에서 일하고 며칠 지났을 때 한 아주머니께서 찾아오셨다. 마침 내가 근무를 서고 있었는데 공손히 허리 숙여 인사하더니 자신이 영대 어머니라고 했다. "약해 보여도 성실한 아이입니다. 편의점 일을 잘 가르쳐주세요." 숱한 알바와 일해봤지만 어머니가 담임 선생님 면담하듯 나를 찾아온 적은 그때가 처음이었다.

그러고 보면 스승은 언제나 가까이 있다.

준오와 하담

"하-이, 방가방-가!" 일부러 목소리 톤을 한 옥타브 정도는 올려, 씩씩한 아저씨표※ 인사까지 곁들여가며 편의점에 들어섰는데 하담 씨 얼굴에는 여전히 짜증이 잔뜩 묻어 있었다. 팔짱을 끼고 도전적인 포즈로 서 있기까지. 문자를 받았을 때부터 어느 정도 짐작은 했던 분위기다.

"왜 그래요? 대체 어느 정도길래?" 내가 물었다.

하담 씨는 시식대 아래 휴지통이 있는 쪽을 뾰로통 가리킨다. 뚜껑을 열어보니 라면 국물이 지저분하게 넘쳐 있고 재활용 분류도 엉망이다. 플라스틱 수거함에 컵라면 용기가 불쑥 솟아 있는가 하면, 빨대와 나무젓가락, 유리병이 뒤죽박죽 뒤엉켜 있고, 온수기 옆에는 밥알이 수류탄 파편처럼 흩어 다닌다. 말 그대로 난리도 아니다. 앞 타임 근무자 준오가 해야 할 몫인데 깜박 잊고 그냥 갔나 보다.

"똑 부러지게 뭐라고 좀 해주세요. 항상 좋은 말로만 토닥거리지 마시고…" 하담 씨가 날카로운 목소리로 이야기한다. 알바생에게 이런 말이나 듣다니, 점주 체면 말이 아니다.

준오는 손님에게 더할 나위 없이 친절하고 성격도 좋은데 뭘 자꾸 잊고 덤벙거리는 친구다. 오늘처럼 자기 타임에 해야 할 청소를 잊는 것은 다반사고, 상품이 들어오면 검수부터 해야 하는데 그냥 막 진열해버린다. 계산에 서툴러 거스름돈을 잘못 주는 경우도 잦고, 그러다 보니 현금 시재時在 | 현재 보유하고 있는 현금 액수 가 자꾸 틀려 근무 교대 때마다 10여 분은 족히 잡아먹는다. 빨리 일을 시작해야 하는 다음 근무자 입장에서는 답답하고 짜증이 나기 마련. 그래서 준오를 물어뜯는 일은 대체로 하담 씨 몫이 되었다. 성격 좋은 준오는 또 하담 씨가 무슨 말을 하건 말건, 헤헤헤 웃기만 한다.

준오는 웃는다. 벙실벙실 웃는 만큼 뭔가를 번번이 흘린다. 수

첩이나 지갑 같은 개인 소지품을 가게에 두고 가는 날이 많고, 한번은 근무복 조끼를 그대로 입고 퇴근했다가 한참 뒤에 벙실 벙실 웃으며 돌아왔다. 심지어 어느 날은 가방을 통째 편의점에 놓고 갔는데, 역시 몇 분쯤 기다리고 있으니 벙실벙실 웃으면서 되돌아왔다. 지하철역까지 갔는데 '뭔가 허전한 느낌'이었다나. 준오가 한 번씩 그럴 때마다 나는 그저 재밌다고 웃는데, 하담 씨는 눈에서 레이저 광선을 뿜어내며 준오를 째려본다. 못마땅하다는 기색이 역력하다. 그럴 때마다 분위기를 누그러뜨리려 "두 분 그러다 사귀겠어요" 하고 하담 씨를 놀려대는데, 역시 그럴 때마다 하담 씨는 지금 농담할 기분 아니라는 눈빛으로 나까지 쏘아본다. 무섭다, 하담 씨.

준오와 하담은 극과 극을 이룬다. 하담 씨는 일단 청소의 여신. 하담 씨가 우리 편의점에서 일한 지 얼마 되지 않았을 때, 전자레인지를 열어봤다가 깜짝 놀랐다. 최근에 전자레인지를 새로 바꿨던가 싶어 안팎을 천천히 다시 둘러봤을 정도다. (그렇다고 평소에 우리 편의점 전자레인지가 지저분했다는 말은 결코! 아닙니다.) 번쩍번쩍 새것처럼 변해 있었다.

게다가 하담 씨는 업무의 여왕. 편의점 알바를 많이 해봐서 그런지 눈썰미가 좋고 일 처리가 굉장히 빠르다. 상품이 도착하면 발주집계표만 쭉 훑어보고도 어떤 상품이 빠졌는지 얼추 찾아내고, POS 단말기(금전출납기) 다루는 솜씨도 편의점 9년 차인 나를 부끄럽게 만들 정도다. 하담 씨가 근무하는 시간에 현금 계산이 틀린 적, 한 번도 없다. 치밀하다, 하담 씨.

그런데… 그런 하담 씨가 '완벽하다'고만 말할 수는 없다. 하담 씨가 전자레인지를 기막히게 닦아놓았던 날, 정욱이에게 하담 씨 칭찬을 했더니 미심쩍은 표정으로 고개를 흔들면서 말하더라. "피곤한 스타일이야." 정욱이 예상은 들어맞았다. 열심히 일하는 것은 좋은데, 정말 놀라울 정도로 일 처리 하나는 야무진데, 하담 씨는 앞 근무자와 불화가 잦다.

사실 편의점은 다른 근무자와 부딪힐 가능성 자체가 별로 없는 업종이다. 현금 시재 확인하고 전달 사항 한두 개 주고받으면 근무 교대 끝. 앞 근무자가 퇴근하면 그때부터 혼자만의 시간이 시작된다. 다른 사람 일에 간섭할 필요가 없고, 심지어 앞뒤 근무자가 서로 이름을 모르는 경우마저 있다. "어서 오세요" "5천 3백 원입니다" "안녕히 가세요" 이런 접객 용어를 제외하고, 근무 시작부터 끝까지 누구하고도 이야기하지 않고 흘러가는 날이 흔하다. 근무자들끼리 협력할 일도 별로 없다. 자기 일만 잘

하면 끝. 불화가 생길 여지가 없다. 그런 이유로 일부러 편의점 알바를 선택하는 사람까지 있을 정도다. 사람에 치이지 않으려고, 단독 근무의 자유를 한껏 만끽하려고. (아, 물론 손님에게 치인다.)

하담 씨는 다르다. 자꾸 참견하고 지적한다. 좋은 말로 하면 '주인다운 자세'인데, 나쁜 말로 이야기하면 간섭쟁이. 조금만 지저분하거나 정리가 흐트러져도 그것을 참지 못한다. 처음엔 복덩이가 들어왔다고 기뻐했는데 가끔 과할 때가 있다. 하담 씨는 따따부따 따지고, 앞 타임 근무자는 '이 사람 왜 이래?' 하는 표정으로 바라보다가 "쟤 때문에 일 못 하겠어요" 하고 나를 찾아오곤 했다. 그렇게 여러 명 돌고 돌다 준오를 만난 것이다. 준오니까 버티지 다른 사람이라면….

다시 준오로 돌아와 말하자면, 준오는 여전히 웃기만 한다. 하담 씨가 뭐라고 하든 말든 웃기만 한다. 실수를 하고도 벙실벙실 웃기만 한다. 그러니까 하담 씨도 이제는 반*포기 상태. 어쩌면 준오는 '계획'이 다 있는 것 아닐까. 천성이 순한 면도 있지만 고도의 지능적인 전략 아닐까. 살짝 의심이 들 정도다.

숱한 알바를 겪었다. 신은 인간에게 완벽을 선물하지 않는다는 사실을 여기서도 깨닫는다. 손님에게 친절한 알바는 청소에 건성이고, 청소와 진열이 깔끔한 알바는 손님에게 좀 냉랭하고, 일 처리가 꼼꼼한 알바는 동료에게 지나치게 까다롭더라. 밝고 차분하고 다 좋아 '오래 일했으면 좋겠다' 기대했는데 건강이 나빠 며칠 만에 그만둔 알바가 있고, 이런저런 자잘한 문제가 많은 알바였는데 그럭저럭 부대끼다 보니 수년을 함께한 인연도 있다. 근무시간에 도란도란 이야기 나눠보니 산전수전 다 겪은 기막힌 사연에 왈칵 눈물을 쏟았던 적도 있고, 뻔히 드러날 허풍과 자랑을 천연덕스럽게 늘어놓는 모습에 속으로 껄껄 웃었던 알바도 있다. 일은 참 잘하는데 마음이 여려 손님 한마디에 울면서 그만둔 알바도 있고, 반대로 욱하는 성미 때문에 손님과 싸우다 그만둔 알바도 있다. 딱 한 번 실수한 것을 이유로 내가 매정하게 내보낸 것이 미안한 알바가 있고, 지금 생각해도 부득부득 이가 갈릴 정도로 나랑 심하게 다투고 떠난 알바도 있다. 사람 사는 곳이 다 그렇지 뭐.

　손님이 다양한 만큼 알바도 다양하다. 다양한 문제를 풀어봐야 시험을 잘 치르는 것처럼 사람도 다양한 유형을 겪고 복작여봐야 생각의 두께가 두터워지는 것일까. 우리는 매일 그런 시험을 치르며 살아가는 건지도 모르겠다. 이것이 기말고사인지 중간고사인지 쪽지시험인지는 모르겠지만 매번 나름의 시험에 최선을 다하는 수밖에. 하루하루, 인간관계의 오답 노트와 기출 문제를 쌓아나가는 중이다.

내일은 준오가 근무하는 시간에 편의점에 나가봐야겠다. "좀 잘해" 하고 말하면 보나마나 벙실벙실 웃기만 하겠지. 그러고 보니 역시 이것은 준오가 자신을 지키는 고단수 전략 아닐까.

허점 가득하지만 왠지 미워할 수 없는 웃음 유발꾼 준오, 촘촘하기 이루 말할 데 없지만 사람에게 전혀 틈을 주지 않는 깐깐 냉랭한 하담 씨, 딱 그 중간쯤인 알바가 있으면 최고일 텐데.

저를 모르시나요?

투둑투둑 빗방울이 듣기 시작한다. 왔구나, 왔어! 재빨리 우산 진열대를 꺼내 점포 앞에 펼쳐놓는다. 오후 5시, 퇴근 무렵 내리는 소낙비는 편의점 점주들에게 하느님이 상여금으로 건네주시는 고마운 비, 소중한 비. 회사 건물 지하에서 장사하는 우리 편의점 입장에서는 그야말로 호재다. 비가 오면 사람들이 건물 바깥으로 빠져나갈 수 없으니, 하릴없이 편의점을 찾게 된다. 손님들에겐 참으로 불행한 일이지만 나는 덩실덩실 어깨춤이라도 추고 싶은 기분이다. (손님 여러분, 죄송합니다.)

2단, 3단, 장우산, 비닐우산, 그리고 우의까지. 곧 편의점 바깥

으로 팔려 나가 굵은 빗줄기를 맞게 될 녀석들을 종류별로 가지
런히 정리해놓는다. 많이 팔리거라, 좋은 곳으로 가거라. 우산들
에게 작별 인사 고하고, 다시 하늘을 바라보며 '한바탕 퍼부어주
소서, 계속 내리게 해주소서' 마음속으로 치성을 드린다. (손님
여러분, 거듭 죄송합니다.)

　신기한 날이었다. 정확히 오후 5시 무렵 비가 내렸다. 분명 비
소식이 있었는데 하늘만 새까매 내 가슴도 함께 까맸는데 적시
에 딱 맞춰 비가 내렸다. 땡스, 갓! 우산을 꺼냈다. 손님들은 줄
지어 편의점으로 내려오고, 나는 콧노래를 흥얼거리며 손님을
맞았다. 우산 비닐 포장 뜯어주고, 상품 태그까지 친절하게 가
위로 잘라주면서, 누가 시키지도 않았는데 세상에서 가장 아름
다운 미소가 절로 흘러나왔다. 참, 이럴 때 꼭 명심할 사실. 너무
티 나게 기뻐하지 말 것! '거참, 제겐 좋은 일인데 손님에게는 참
으로 안타깝고 송구한 일이
로군요'라는 수준으로 중
용中庸의 미소를 지을 줄
알아야 한다. 9년 차 편의
점주 정도는 되어야 나올

수 있는 표정 연기력이다. 흐흠.

그날, '그' 손님이 말을 붙였다. "좋으시겠습니다." 비닐우산과 장우산 사이에서 한참 고민하다 결국 장우산을 고른 손님이었다. (40~50대 남성 손님들은 대체로 이런 선택의 패턴을 보인다. 싼 거 비싼 거 사이에서 고민하다 결국 비싼 걸 고르는.) 좋으시겠습니다, 손님의 그 말에 나도 모르게 이렇게 대답해버리고 말았다. "하하하, 저희에게는 일 년에 한두 번 찾아오는 행운이지요." 아뿔싸, 이놈의 주둥이. 능란한 '9년 차' 점주답지 않게 지나치게 감정을 드러내 보이고 말았다. 말실수를 했다는 사실을 깨달았지만 이미 엎질러진 물. 손님의 눈빛이 순간 날카롭게 번뜩이는 것이 느껴졌다.

그렇더라도 손님이 밀려오고 있으니 나는 곧 다음 손님을 맞았는데, 아까 그 손님, 계속 출입문 앞에 서 있다. 나가지 않고 편의점 입구에 버티고 서서 유심히 나를 지켜보고 서 있다. 왜 저럴까? 역시 내가 말실수를 한 건가? 그 말이 그렇게 불쾌했던 것일까? 방금 산 우산에 무슨 문제라도 있는 것인가? 오금이 저리고 신경이 쓰인다. 일하며 자꾸 힐끔힐끔 그쪽을 바라보게 된다. 그러다 계산 실수를 하기도 했다.

하늘이 대청소라도 하는 듯 비는 주룩주룩 계속 내렸고, 잠시

후 손님은 조금 뜸해졌는데, 그 손님은 여전히 그 자리에 있었다. "손님, 뭐 불편한 일이라도 있으십니까?" 이렇게 여쭙고 싶은 심정이었다. 그때 손님이 먼저 다가왔다. 긴장되어 몸이 굳었다. 간첩 접선이라도 하는 듯, 손님이 은밀한 목소리로 속닥이며 내게 물었다. "혹시… 고려중학교 나오지 않으셨나요?"

중학교 동창 태희는 그렇게 만났다.

지방 도시에서 태어나, 거기서 학업을 모두 마치고 서울로 올라와, 외부인 출입이 거의 없는 어느 회사 건물 지하에서 편의점을 운영하는 사람이, 그것도 요즘에는 거의 창고 안에 틀어박혀 책 읽고 글 쓰는 사람이, 중학교 동창을 손님으로 만나게 될 확률은 과연 얼마나 될까? 모르긴 해도 오후 5시에 소낙비가 내릴 확률보다는 진귀할 것이다. 9년간 편의점을 운영하며 그런 일을 세 번 겪었다.

어느 해 겨울, 우리 편의점이 있는 건물에 새로운 회사가 입주했다. 그런 날은 치약, 칫솔이 불티나게 팔린다. 실내화, 목장갑도 많이 팔린다. 멀티탭, 수건, 방향제, 화장지, 물티슈마저 덩달아 팔린다. 제품 위에 쌓인 먼지를 닦아내며 '너희들은 대체 언제 팔릴 거니?' 걱정했던 녀석들이 작별 인사를 고할 틈도 없이 홀연 편의점을 떠난다. 바로 그런 날, 그런 상품들이 팔리고 있었고, 그 손님은 그런 숱한 손님 가운데 한 명이었다. 칫솔 하나 손에 들고 손님들 틈에 줄지어 서 있었다. 그런데 저 손님, 어디서 많이 본 얼굴인데… 누구…더라?

이럴 땐 참 답답한 노릇이다. 어디서 많이 본 얼굴인데, 떠오를 듯 말 듯, 가물가물, 기억이 간지럽다. 뭔가 좋지 않은 일로 만났던 사람 같기도 하고, 그래서 과거 빚쟁이 명단을 머릿속으로 쭉 떠올려보았다가, 옛 여친의 그전 남친은 아닐까, 떡볶이 먹다 옆자리로 국물이 튀었을 때 인상 찡그리던 그때 그 아저씨 아닐까, 기억의 정글 속을 헤매며 별의별 상상을 다 한다. 누굴까, 누굴까, 누굴까, 어디서 많이 본 얼굴인데. 답답해 미칠 지경이다.

그 손님이 칫솔을 계산대 위에 올려놓았을 때, 내가 다짜고짜 급히 물었다. "혹시… 광주에 살지 않았습니까?"

고등학교 동창 동준이는 또 그렇게 만났다.

때로 서로의 소심함에 영화 같은 일이 벌어지기도 한다. 아침에 컵라면을 사러 온 손님은 첫눈에 누구인지 알 수 있었다. 인권 단체에서 일할 때 알고 지내던 새터민이었다. 그 사람을 여기서 만나다니! 그런데 아는 척을 할 수 없었다. 이런저런 이유로 북한에서 왔다는 사실을 숨기는 새터민이 더러 있다. 그러니 불쑥 "너 누구지?" 하고 물을 수는 없는 일이다. 그는 늘 다른 사람들과 함께 있었다.

몇 개월이 지나서야 그 손님이 혼자 왔길래 "용철아!" 하고 불렀다. 용철이는 "왜 이제야 알아보는 거예요" 하면서 섭섭하다는 표정으로 웃었다. "어? 너도 나를 알고 있었어?" 이야기를 들어보니 용철이도 나를 진즉 알아봤는데 내가 편의점을 운영한단 사실을 창피하게 생각할까 봐 아는 척을 하지 않았던 것이고, 일부러 다른 편의점을 이용하기까지 했다는 것이다. 으이그, 소심한 녀석! "용철아, 한국에서 편의점 점주라는 직업은 조금도 부끄럽지 않은 일이야." 그랬더니 용철이가 받아친다. "형, 북한에서 왔다는 사실도 전혀 숨길 일이 아니죠!"

그 뒤로 용철이는 새벽마다 편의점에 찾아와 나랑 한참 수다를 떨다 출근했고, 저녁에는 편의점 근처 호프집에서 밤늦도록 또 수다를 떨었다. 그 녀석 덕분에 하루가 온종일 즐거웠다.

그랬던 녀석이 얼마 전 지방으로 발령이 나 떠났다. "한 사람이 떠났는데 서울이 텅 비었다"던 어느 시인의 말처럼, 용철이가 없는 요즘 편의점은 텅 빈 것만 같다.

편의점은 관계의 폭은 넓지만 깊이는 얕은 곳이다. 군중 속 고독 가운데 종종 인연을 만난다. 한반도 남쪽과 북쪽에서 태어나, 남북이 철책으로 가로막혀 오도 가도 못하는 이상한 나라에서 살다가, 서로 다른 체제와 문화에 오래도록 익숙한 채 살다가, 극적으로 탈출해 다른 한쪽으로 온 사람과 벗이 되고 이웃이 될 확률은 얼마나 될까? 게다가 그 사람을 10년 만에 편의점에서, 점주와 손님으로 다시 만나게 될 확률은 과연 얼마나 될까? 모르긴 해도 오후 5시에 소나비가 내릴 확률 따위와는 비교조차 되지 않을 것이다. 얕은 개울에서 심연의 인연을 만난다.

너른 백사장에 모래알은 많고 많지만 그 가운데 내가 찾은 모래알 하나는 각별한 의미를 갖는다. 우리는 그런 발견을 '기적'이라는 이름으로 부른다. 기적이 된 순간부터 모래알은 단순한 모래알 하나가 아니게 된다. 매일 그렇게 기적을 만나고 인연을 품는다. 태희, 동준이, 용철이, 그리고 당신.

냉동고를 꽉 채운 고급 아이스크림,
편의점 제일 깊숙한 곳에 자리한 음료 냉장고,
출입문에 주인장이 붙여놓고 간 한 줄 메모.
삼겹살 젤리 밑에 걸린 경고문,
무심코 들이켰던 우유 한 팩에도 은근한 비밀이 있다.

2부

오늘도 지킵니다, 편의점

비밀, 지킴

저마다 사연이 있다. 이 상품은 왜 이 편의점에만 유난히 많을까? 쉽게 단정할 수 없는 것들이 있다. 예를 들어 출근한다고 아침에 나갔던 사람이 공원 벤치에서 발견되었다고 하자. 회사에 가기 싫었나 보군! 희망퇴직이라도 하셨나? 둘 중 하나로 간단히 정리될 수 있는 일이 아니다. 거기에는 장편소설 하나 정도는 써 내려가야 할 파란만장한 사연이 숨어 있을 수 있다.

특정한 편의점에 특정한 상품이 유독 쌓인 광경에도 여러 가지 이유가 있을 수 있다. "새우깡 여섯 봉 주문하면 저희가 2천 원 드릴게요"라고 프랜차이즈 본사에서 편의점 점주들에게 '발주장려금'을 걸어놓았을 수 있고, 점주가 그저 새우깡이 좋아 그랬을 수 있다. 창고에 오래된 재고 상품 처리하느라 진열대에 있는 과자 다 밀어내고 '새우깡 아니면 먹지도 말라'는 식으로 가득 채웠을 수도 있다.

점주가 발주 프로그램에 수량을 '6'으로 입력하려다 실수로 '600'을 눌렀을 수도 있는데, 그 600을 입력한 배경에도 여러 가지 이유가 있을 수 있겠다. 노화가 진행되며 손이 떨려 그랬을 수도 있고, 컴퓨터 키보드가 낡아 그랬을 수도 있고, 홧김에 그랬을 수도 있고, 알바생들이 동시에 그만두면서 24시간 나 홀로 근무를 서느라 꾸벅꾸벅 조는 과정에 그랬을 수도 있다. 나름의 사연과 고민이 있겠지.

군이 소개하자면 편의점 점주가 상품 여섯 개를 주문하려다 600으로 잘못 입력할 가능성은 사실 별로 없다. 발주 프로그램에 숫자를 입력할 때 상품마다 '최대 수량'이 정해져 있기 때문이다. 대개 200, 500을 넘길 수 없다. 고의든 실수든 600을 눌렀다 해도, 평소보다 지나치게 주문량이 많으면 프랜차이즈 본사에서 즉각 전화가 걸려 온다. "경영주님. 이거 정말 이렇게 주문하신 거 맞습니까?" 기특하구나, 친절한 세상이여!

그런저런 이유를 제외하고 편의점에 특정한 상품이 그득그득 쌓여 있는 이유가 또 하나 있으니 바로 '해외여행'.

해외여행? 대체 무슨 말인가 싶을 거다. 비밀을 밝히자면, 편의점 프랜차이즈마다 가맹점주들을 대상으로 특정 상품에 프로모션을 걸어놓는 경우가 많다. 이른바 '누가누가 많이 파나 경연대회'.

많이 팔아 순위에 오르면 여러 혜택이 주어지는데 그중 하나가 해외여행이다. 백산수 많이 팔았다고 중국 연변 보내주고, 컵라면 많이 팔았다고 태국이나 베트남 보내주고, 밸런타인데이에 초콜릿 많이 팔았다고 일본 오키나와 보내주는 식이다. 백산수와 연변은 그럭저럭 연상이 되고(백산수 공장이 거기 있답니다), 컵라면과 태국도 좀 우격다짐이긴 하지만 연결이 되는데(이른바 '동남아 누들 여행'이라나요), 초콜릿과 오키나와는 대체 무슨 관계가 있다는 건지 모르겠다(오키나와에 초콜릿 공장이라도 있는 건가요?). 아무튼 해외여행 보내준다는데 좋지 뭐.

24시간 365일 편의점에만 매여 있는 점주 입장에서, 수년간 동네 뒷산 한번 여유로운 마음으로 올라가지 못한 점주 입장에서, 해외여행은 꿈 같은 단어다. 마치 내가 닿을 수 없는 어떤 미지의 영역에 가까이 다가가는 느낌이다. 게다가 본사에서 여행

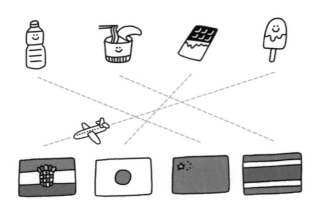

경비 다 대주고, 점포 비우는 사이 대체 인력까지 지원해준다니, 꿩 먹고 알 먹고. 이보다 더 '거절할 수 없는 제안'이 어디 있겠나.

그러던 어느 여름. 하나에 무려 4,800원씩이나 하는 하겐다즈 아이스크림에 프로모션이 걸렸다. 하겐다즈 아이스크림을 가장 많이 판매한 편의점 점주를 크로아티아에 보내준단다. 나는 무지무지 가고 싶었다. 크로아티아에 가고 싶었다. 그 공고문을 보는 순간, 크로아티아는 내 것이로구나, 무릎을 탁 쳤다. 전국 편의점 점주들 가운데 오직 나를 위해 만들어진 맞춤형 프로모션이로구나 싶었다.

편의점에서 가장 많이 팔리는 상품은 단연 담배. 동서고금 어느 나라 편의점이든 비슷하다. 그럼 2위는 뭘까? 한국에서는 맥주. 뭐든 배달해서 먹는 한국이지만 술은 배달이 어렵다. 인터넷 주문도 까다롭다. 그래서 '맥주＝집 앞 편의점', 이건 공인된 등식이 되었다.

담배는 일체의 판촉 활동을 할 수 없다. 법으로 금지되어 있다. 하긴 '담배 많이 피우세요'라고 홍보하며 담배 많이 팔기 경쟁을 벌여선 안 되는 일 아닌가. 만약 점주가 임의로 담뱃값을 깎아준다든지 라이터를 껴주는 식의 증정 행사를 하게 되면 법적인 처벌까지 받는다. 편의점 내부에 있는 담배 광고판마저 외부에 노출할 수 없도록 법으로 규제하고 있다.

하지만 술은 다르다. 담배보다는 자유롭게 판촉 활동을 할 수 있다. 특히 맥주는 편의점 2등 상품인 데다 맥주가 잘 팔리면 안주도 덩달아 팔리니, 프랜차이즈 본사 입장에서는 맥주 판촉을 위해 사시사철 몸부림친다. 손님들은 '맥주 네 캔 만 원' 같은 가격 할인을 먼저 떠올리겠지만, 편의점 점주들 눈에만 보이는 행사가 있다. 바로 '칭다오 맥주 많이 팔면 칭다오에 보내줄게요' 같은 프로모션. 본사에서 점주들끼리 판매 경쟁을 붙이는 것이다. 쉿! 손님은 모르고 우리만 아는 비밀(?) 레이스. 그런 대회가 있을 때마다 다른 편의점에 가보면 아주 재밌다. 냉장고에서 다른 맥주 다 밀어내고 오직 칭다오 맥주로만 가득 채운 편의점을 볼 수 있는데 그 광경을 보며 나는 중얼거린다. "이 점주, 칭다오에 무척 가고 싶었나 보군."

맥주에는 이렇게 발주장려금도 많고 해외여행 프로모션도 많다. 그런데 이 대목에서 나는 좌절감이 몰려온다. 우리 편의점은 술을 아예 팔지 않는다! 그래서 나는 프로모션과 인연이 없다고 생각해왔는데, 세상에나, 세상에나, '하겐다즈'에 프로모션이 걸리다니!

우리 편의점 2위 상품군이 바로 아이스크림 아닌가! 담배 다음으로 아이스크림을 많이 파는, 전국에서 거의 유일한 편의점이다. 그러니 나는 무릎을 탁 쳤던 것이다. 크로아티아는 내 것이로구나!

"어? 하겐다즈 아이스크림이 왜 이렇게 많지?"

손님들이 웅성거리는 소리가 들린다. 편의점 창고 안에서 선풍기 바람 쐬며, 후훗, 나는 고약한 웃음을 지었다. 그럴 만도 하지. 냉동고에 다른 아이스크림 다 걷어내고 오직 하겐다즈 아이스크림으로만 가득 채워놨거든. '하겐다즈 아니면 먹지도 마세요.' 이런 뜻이었다.

이 무더운 여름날, 다른 편의점에 가려면 손님들이 건물 밖으로 빠져나가 따가운 햇살 아래 고생을 좀 하셔야 할 것이다. 그러니 순순히 하겐다즈를 선택하시지! (죄송하다, 죄송하다, 우리 편의점 손님들께 정말로 죄송하다. 그만큼 나는 크로아티아에 가고 싶었다.)

역시 우리 편의점 손님들은 대범하다. 이참에 하겐다즈나 한번 먹어보자며 아이스크림 냉동고 앞에서 즉석 사다리를 타기 시작했다. 잠시 후 "와!" 하는 함성과 함께 아이스크림 냉동고를 뒤적이는 경쾌한 소리가 들렸고, 주님에게 버림받은 가여운 어린 양이 하겐다즈 가득 든 장바구니 십자가를 짊어지고 터벅터벅 계산대 언덕을 올라오는 모습이 보였다. (죄송하다, 죄송하다, 그 손님께 진심으로 죄송하다. 나는 그저 가고 싶었다. 나의 크로아티아!)

여기서 또 하나 고백. 사실은 내가 크로아티아에 가려던 것이 아니었다. 우리 편의점에서 3년간 일한 직원이 있었는데, 손녀가 태어나면서 편의점 일을 그만두게 되었다. 그분을 위한 퇴직 선물로 크로아티아 여행 상품권을 전해 드리고 싶었다. 프로모션에 당첨되면 점주 대신 직원이나 가족이 가도 된다. "이모, 걱정 마세요. 크로아티아는 이모 거예요!" (나는 그분을 '이모'라고

불렀다.) 그렇게 큰소리를 떵떵 쳤더랬다.

그래서 1등은 했느냐고요?

두둥. 프로모션 결과 발표 당일. 흐뭇하게 웃으며 게시판을 확인했다. 이미 며칠 전 우리 편의점이 1등을 지킨다는 소식을 전해 들은 터였다. 볼 것도 없이 1등을 확신하며 게시판을 클릭했다. "이모, 여행 가방 꾸릴 준비나 하세요." 너스레도 떨었다. 두둥. 화면을 아무리 샅샅이 뒤져봐도 우리 편의점 이름이 보이지 않는다. 이건 주최 측의 농간이다…. 본사에 확인해봤더니 간발의 차이로 역전당해 2위를 했다고 한다. 본사 담당자와 통화하는 내 영혼은 한껏 비굴해졌다. 크로아티아 절반만이라도 갈 수 있는 상품권, 주시면 안 될까요? 흑흑.

그 뒤로 크로아티아라는 말만 들어도 짜증이 인다. 사실 나는 크로아티아라는 나라가 어디에 붙어 있는지조차 잘 모르는데, 뭔가 섭섭하다. (크로아티아 국민 여러분, 죄송합니다.)

이 글을 쓰는 사이 본사 게시판에 또 다른 공고문이 떴다. 올여름 생수를 많이 판매한 점주에게 상품권을 준단다. 1등부터 10등까지 걸려 있는 상품권이 점포당 무려 50만 원. 오호라, 그 걸로 휴가 경비 충당하면 되겠네! 선물은 역시 현금이지. 암! 본사가 꽤 똑똑한 이벤트를 하는구먼.

　자, 냉장고에 있는 모든 음료 걷어내고 생수로 가득 채워볼까나? 콜라 말고 물 드세요, 물! 물이 건강에 좋다니까 그러네!

포스트잇

　_____ 본인의 크로아티아 욕심에 장렬히 희생된 손님들의 지갑에 다시 한번 심심한 사과 말씀 올립니다. 그나저나, 하겐다즈와 크로아티아는 대체 무슨 관계길래 하겐다즈 많이 팔면 크로아티아에 보내준다고 했던 걸까요? 크로아티아에 하겐다즈 공장이라도 있는 건가?

냉장고는 왜 거기 있을까?

매일 아침 출근길에 'EBS 라디오 중국어'를 듣는다고 《매일 갑니다, 편의점》에 고백했더니 방송 진행자인 홍상욱, 송지현 선생님께서 책을 읽고는 우리 편의점에 찾아오셨다. 와, 이런 가문의 영광이 있다니! 연예인(?)이 우리 편의점에 오셨네!

늘 가는 편의점일 텐데 신비한 용암 동굴이라도 발견한 듯 편의점 내부를 이리저리 둘러보던 홍 선생님께서 갑자기 묻는다. "그런데 저기 저 거울은 뭐예요?"

그래, 착한(?) 사람들은 모를 법한 물체다. 의식하지 못하는 손님도 많지만, 어느 편의점에나 거울이 천장 구석에 걸려 있다. 사방에 다 달아놓은 편의점도 있다. 일반적인 거울보다 볼록하여 주위를 넓게 볼 수 있는 그 거울을 편의점 점주들은 '반사경'이라 부른다. 목적은 도난 방지용. 계속 CCTV를 보고 있을 순 없으니, 계산을 치르는 도중에도 힐끔힐끔 매장 전체를 볼 수 있도록 반사경을 달아놓는다. 그것으로 편의점을 온전히 내 시야 안에 둔다.

이런 차가운 속사정을 듣고 홍 선생님은 슬픈 표정을 지으셨다. 은근, 로맨티스트.

이참에 두 분 선생님 앞에서 '편의점 구조학' 강의를 시작했다. "편의점 계산대는 대개 출입문 바로 앞에 있어요. 왜 그런지 아세요?" 이유가 여럿이지만 그중 하나 역시 도난 방지용이다. 계산대가 점포 안쪽 깊숙한 곳에 있으면 도둑이 물건을 훔쳐 달아난대도 쫓아가는 데 시간이 걸린다. 계산대가 입구에 떡 버티고 있어야 차단막 혹은 검문소 역할을 한다.

"편의점 유리는 이렇게 내부가 훤히 들여다보이는 통유리로 되어 있어요. 이건 또 왜 그런지 아세요?" 그 이유도 여럿이지만 도난 방지 목적 또한 빼놓을 수 없다. 편의점은 혼자 근무하는

일타 강사의 편의점 구조학 강의

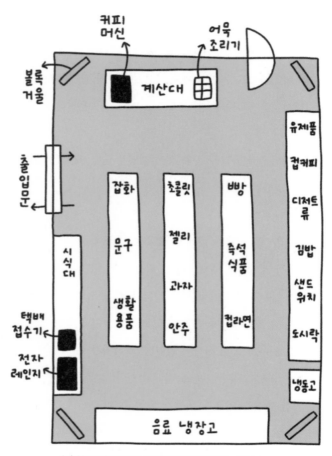

* 출입구나 창의 방향, 상권 특성에 따라 구조는 달라질 수 있습니다.

경우가 많다. 밖에서 내부가 훤히 들여다보여야 강도가 들 확률도 그만큼 낮아진다. 뭐든 '투명해야' 사람은 음흉한 계획을 거두는 법이다. "근무자가 딴청 피우지 않고 열심히 일하도록 하는 효과도 있지 않을까요?" 역시 날카로운 송 선생님! 내부에 있는 상품이 밖에서 보이게 함으로써 구매를 유도하는 쇼윈도 역할까지 한다.

이번에는 두 분 선생님을 음료 냉장고 앞으로 이끌고 가 묻는다. "일반적인 편의점은 입구에 계산대가 있고 냉장고는 제일 안쪽에 있어요. 이건 또 왜 그럴까-요?"

손님 가운데 상당수가 음료수를 사려고 편의점에 온다. 그렇다면 입구 근처에 냉장고가 있으면 (손님 입장에서) 편리할 텐데 무엇 하러 '가장 먼 곳'에 냉장고를 두는 걸까? 왜 불편하게 만들었을까? 이유는 간단하다. 음료수 사러 안쪽에 들어간 김에 과자는 어떠세요? 껌은? 사탕은? 담배는? 젤리도 당기지 않나요? 배고프진 않으세요? 졸리거나 기력이 없진 않나요? 수다스럽게 유혹하기 위해 그런다. 그 짧은 거리에 뭘 얻겠다고 그러느냐 싶겠지만, 그런 것이 장사다. 1퍼센트의 가능성이라도 건져 올리려 노력한다. 온갖 유혹의 폭탄을 도처에 깔아놓는다.

편의점뿐인가. 마트는 보통 채소나 육류, 수산물 코너를 제일 안쪽에 배치해놓는다. 그거 사러 온 김에 이것 사고 저것도 둘러보라고 일부러 동선을 기-이이이이일게 만들어놓는다. 일부러 이동 경로를 복잡하게 꼬아놓는다. 그래서 나중에 계산할 때 보면 계획에도 없던 프랑스산 와인이 장바구니에 들어 있고, 치즈 스틱이 그 옆에 있고, '마지막 세일'이라는 협박과 유혹에 굴복해 담은 오렌지와 4+1 요구르트까지 카트 안을 굴러다닌다. '나는 누구? 여긴 어디?' 하는 자아 성찰은 잠시, 이왕 나온 김에 이 것저것 샀으니까 잘된 일이라며 상황을 합리화하게 된다.

"나는 아이들 장난감 코너를 그냥 지나칠 수 없더라고요. 결국 하나 사주게 된다니까요." 장난감 코너도 식료품 사러 가는 길목에 일부러 배치해놓는다. 늦둥이 아빠 홍 선생님. 역시 딸 바보.

두 분 선생님을 모시고 음료 냉장고 앞까지 간 김에, 냉장고 뒷문을 열어 보여드렸다. "편의점 냉장고는 이렇게 뒷문으로 사람이 들어가, 냉장고 안에서 상품을 채워 넣는답니다." 시범을 보였더니 두 눈을 동그랗게 뜬다. 그리하여 편의점 냉장고 이름 은 워크인workk-in 쿨러. '걸어 들어간다'는 뜻이다.

여기서 뜬금없이 퀴즈를 하나 낸다. "일본 세븐일레븐 1호점이 1974년 5월 오픈했는데, 그날 첫 손님 이 1호로 사 간 물건이 뭔 줄 아세요?" 삼 각김밥? 땡! 그때 삼각김밥은 나오지도 않 았습니다. 우유? 땡! 과자? 땡! 담배? 땡! "답은 선글라스입니다." 두 선생님 눈이 휘둥그레진다.

일본에 편의점이 처음 생긴 날, 가장 먼저 팔린 물건은 선글라스였다. 가격은 800엔. 초창기 편의점의 포 지션이 그랬다. 우리 곁의 '작은 백화점'을 지향했다. 가격은 조 금 비쌀지 모르지만 청결하고 품질 좋은 제품을 백화점처럼 판 매한다는 이미지를 구축하려 노력했고, 그래서 편의점 초창기 에는 먹거리보다 잡화를 전면에 내세웠다. 편의점 안팎 어디에 서나 가장 잘 보이는 위치에 선글라스, 장갑, 미용 용품 같은 잡 화 진열대를 모신 이유다. 그런 전통이 지금까지 이어져 내려와 편의점 전면에 잡화 진열대가 있다. 아하! 두 선생님이 고개를 끄덕인다.

"그런 이유 말고, 잡화 진열대가 전면에 있는 게 도난 방지에 도 좋아요." 또 도난 방지? 편의점 점주 입장에서 음료수나 과자 를 도둑맞는 것이야 그리 큰 피해가 아니다. 숨기는 것도 쉽지 않다. 하지만 잡화는 다르다. 단가가 비싸고 은닉이 쉽다. 그래서 계산대에 있는 근무자가 항상 육안으로 감시할 수 있는 곳에 잡화 진열대를 두는 것이다. 그런 냉정한 이유가… 하는 표정으로 두 분 선생님의 낯빛이 바뀐다.

일본 편의점 이야기가 나왔으니 잠시 옆길로. 일본 편의점에서는 신문, 잡지, 책을 판다. 그 진열대가 편의점에서 가장 좋은 위치를 점령하고 있다. 도대체 저것 팔아 얼마 남는다고 저 귀중한 공간을 서적 판매대로 삼는 거냐고 일본 편의점 점주에게 물었더니 의외의 대답이 돌아왔다. 옛날 옛적, 일본에 편의점이 막 태동하던 때, 편의점 회사가 출판 유통업자들에게 "편의점에서 책을 한번 팔아볼까요?"라고 제안했더니 "과연 팔릴까요?" 하는 회의적인 반응이 돌아왔다고 한다. 그래서 "편의점에서 가장 좋은 자리를 드릴게요"라고 약속했던 것이 오늘까지 지켜져 그렇다고 한다. 일본 편의점 본사에도 확인한 내용인데, 물증이 없으니 일단 그러려니 하는 수밖에.

편의점 머피의 법칙

"돈, 싫어! 명예, 싫어! 따분한 음악, 우린 정말 싫어!" 이렇게 시작하는 노래를 안다면 나이 인증하는 건가요?

이 노래가 유행하며 널리 알려진 법칙이 있다. 머피의 법칙. 내가 기대하는 것과는 반대로 흘러가는 법칙. 이를테면 우산 챙겨 나간 날엔 비 한 방울 내리지 않다가 늘 가지고 다니던 우산을 딱 하루 집에 뒀을 뿐인데 '딱 그날' 예고에 없던 폭우가 내린다든지, 노랫말처럼 단체 미팅 나가서 "쟤만 빼고 다 괜찮아" 했는데 꼭 개랑 나랑 짝이 되더라는 그런 법칙.

편의점 점주에게도 머피의 법칙이 있다. 제1법칙, 완판完販 회피의 법칙. 도시락, 삼각김밥, 햄버거, 샌드위치 같은 프레시푸드를 모두 팔아버리는 걸 우리는 '완판'이라 부른다. 발주량에 딱 맞게 완판하는 '운수 좋은 날'이 있고, 팔리지 않아 아까운 음식을 왕창 버리게 되는 '폐기 지옥의 날'이 있으며, 손님은 계속 밀려드는데 너무 빨리 완판되어 손님들이 발길을 돌리는 안타까운 사태가 벌어지기도 한다. '완판'은 있어도, '완벽'의 날은 드물다.

그런데, 그것 참 신기하게도, 내가 배가 고파 뭐든 하나라도 먹고 싶은 날에는 꼭 완판이 된다. 모든 먹거리가 사르르 사라진다. 삼각김밥 하나까지 흔적 없이 다 팔린다. 텅 빈 진열대를 보면서, 물론 기분이야 좋지만, 오장육부가 꼬르륵 밥 달라 아우성친다. 그러다 손님이 많을 거라 예상하고 주문을 왕창 밀어 넣은 날에는 하루 종일 파리만 날린다. 유통기한 지난 도시락 다섯 개를 편의점 시식대 위에 쭉 늘어놓고 우리만의 뷔페식을 즐긴다. 봉달호 씨와 열두 알바가 펼치는 눈물의 폐기 만찬.

편의점 머피의 제2법칙, 접객接客 부정기 법칙. 손님은 몰릴 때 한꺼번에 몰리더라. 30분이 넘도록 손님 한 명 없다가, 한 사람 들어오면 다음 손님 뒤를 잇고, 이내 서너 명이 줄을 선다. 손님들은 편의점에 올 때 '동네 결의 대회'라도 하고 오는 것일까?

그럴 때 찾은 손님은 '이 편의점 대박 잘되는 편의점인데?' 생각하겠지만, 손님께서 '딱 그 시간에' 오신 겁니다.

그런데 말이다, 이게 또 신기하게도, 내가 화장실에 가고 싶어 미칠 것 같은 타이밍에 손님이 몰린다. '이 손님 나가면 화장실에 가야지' 했는데 그 손님 나가니 다른 손님 들어온다. 줄 잇는 손님을 맞으며 물론 마음이야 기쁘지만, 왜 손님은 꼭 이럴 때만 몰리는지… 괄약근에 힘을 꽉 주고, 몰리는 손님만큼 내 아랫배에 몰리는 어제의 흔적들을 참고 견디며, 마음속으로 '용사여, 이겨내자!' 주문을 백만 번쯤 왼다. 그럴 때 들어오는 손님들은 왜 또 유독 물건 고르는 속도가 느린 건지, 이 상품 들었다 저 상품 만졌다, "이건 어때?" 하면서 백분 토론을 벌이기도 했다가… 아아아아아아아, 나 죽겠단 말이에요! 빨리 고르시란 말이에욧! 이러다 여기서 일을 저지를 것만 같다. 손님이 나가자마자 우사인 볼트보다 빠른 속도로, 스타트렉에서 텔레포트하듯, 화장실로 돌진한다. 변기에 앉자마자 일생일대의 것들을 쏟아낸다.

화장실에 앉아 생각해보니, 이런 내 처지가 우습고 손님에게 미안하다. 손님 입장에서 생각해보니, 이럴 때 편의점을 찾은 손님은 얼마나 당혹스러울까. 1년 365일 24시간 열려 있다는 편의점. 그런 편의점이 내가 찾은 그 순간, 하필 그때 문을 닫다니!

편의점 출입문에는 "3분만 비웁니다"라는 쪽지가 덜렁 붙어 있다. 손님 입장에서는 이것도 머피의 법칙! (곧 '비우고' 돌아갈 테니 조금만 기다려주세요.)

이어지는 편의점 머피의 제3법칙. 알바 펑크의 법칙. 평소에는 친구 만날 시간도 없이 지내다가 오랜만에 약속 잡아놓으면 꼭 그런 날 알바가 펑크를 낸다. 어쩔 수 있겠나. 점주가 대타로 뛰는 수밖에. 약속을 취소하거나, 약속 장소가 우리 편의점 파라솔 아래로 바뀌기도 한다. 편의점 간판 불빛을 조명 삼아 친구와 캔맥주를 홀짝인다.

이 정도면 양반이지. 주말에 결혼식 가려고 미용실에서 꽃단장하고 양복까지 말끔히 갖춰 입었는데 딱 그 순간에 날벼락 같은 문자가 날아오는 날도 있다. "사장님, 저 오늘 쉬어야겠어요." 한 글자 한 글자, 단호함이 느껴지는 간결한 문자다. 어쩔 수 있겠나. 넥타이 매고, 7대3 가르마, 그 모양 그대로 편의점 계산대 앞에 선다. 그렇다고 신랑 신부에게 결혼식을 취소하라거나, 예식장을 편의점 파라솔 아래로 옮기라 할 수는 없는 법이니.

머피의 제3법칙을 응용한 법칙도 있다. 이름하여 크리스마스 '줄 펑크' 법칙. 편의점 점주와 알바들 사이에 자자손손 내려오는 전설의 법칙이다. 크리스마스이브가 되면 세상에는 어찌 그리 갑작스레 아픈 사람이 많고, 집안에는 우환이 덮치며, 사건 사고가 연발하는지. "사장님 죄송해요. 오늘 못 나가요." 역시 단호하고 간결한 문자가 줄을 잇는다. 이렇게 문자라도 보내주니 고맙지 뭐. 그래서 결국 매년 크리스마스에는 편의점 점주와 가족들이 릴레이 대타를 뛴다. 밤새도록 편의점 계산대를 쓸쓸히 지키며 징글벨, 징글벨, 징글징글징글벨 노래 부른다. "All I want for Christmas is You-" 내가 바라는 성탄 선물은 오직 당신뿐. 너의 존재감이 유독 빛나는 성탄이구나.

포스트잇

———— '샐리의 법칙'도 있지요. 모든 일이 술술 잘 풀리는 법칙. 삼각김밥 사려고 편의점 갔는데 진열대에 삼김이 딱 하나 남아 있으면 그것은 당신의 샐리!

초코초코 찌찌뽕!

주말 아침, 냉장고에서 돼지 목살 꺼내고 김치 통에서 묵은지 꺼내 씻고 있으려니 아내가 안방에서 기지개를 켜고 나오며 말한다. "여보, 오늘은 김치찌개 먹고 싶다." 둘이서 동시에 똑같은 생각을 하고 있단 사실을 확인했을 때, 우리는 서로 팔뚝을 꼬집으며 외친다. 찌찌뽕!

오후에 돗자리 챙겨 가까운 공원이나 나가볼까 했더니 "어쩜 나랑 똑같은 생각을?" 하며 눈을 동그랗게 뜬다거나, 저녁에 "넷플릭스 드라마나 한 편 볼까?" 했더니 이미 냉장고 앞에서 캔맥주 꺼내 흔들며 씨익 웃고 있다거나, 오늘 밤엔 재즈 음악이 어울린다 생각하고 있었는데 아내가 '문 인디고Moon Indigo'를 틀어놓고 오디오 볼륨을 올린다거나 할 때 우리는 외친다. 찌찌뽕, 찌찌뽕!

언제부터인지 왜 그랬는지는 모르겠지만 어느 동네든 비슷한 의식(?)이 있었던 것 같다. 한날한시에 같은 생각을 하거나 같은 말을 할 때 아이들끼리 뺨이나 팔뚝을 꼬집으며 "찌찌뽕!" 하던 놀이. (꼬집거나 찌르는 부위가 다른, 꽤 적나라한 동네도 있었다고 하더군요. 그것 참.)

한집에 살다 보면 같은 시기에 은근히 같은 욕망을 갖게 되는가 보다. 아내와 내가 그렇다. '찌찌뽕'을 부르는 시간이 갈수록 늘어난다.

편의점에도 찌찌뽕의 순간이 있다. 비슷한 시기에 비슷한 상품을 찾는 손님이 몰린다. 사람들은 약속이라도 한 것처럼 특정한 시간대에 특정한 무엇이 떠오르는가 보다. 앞 손님이 에너지 음료를 구입해 계산을 치르고 있는데 뒷 손님도 똑같은 제품 들고 조금 머쓱한 표정으로 서 있다. 뭐 하세요? 어서 "찌찌뽕!" 외치며 서로의 팔뚝을 꼬집어야죠!

IT 기업이 많이 입주해서일까, 우리 편의점에는 확실히 초콜릿이 많이 나간다. 비슷한 매출 규모를 내는 다른 편의점의 두세 배 수준이다. 그래서 진열대 하나를 오롯이 초콜릿에게 내주었는데, 그것도 카운터 바로 앞 '황금 구역'에 배치해놓고 있다. 다른 물건 사러 왔다가 자기도 모르게 덥석 하나 집어 들게 만드는 약은 상술도 함께.

초콜릿이 잘 나가는 시간에도 나름대로 의미 있는 통계가 있다. 우리 편의점의 경우, 확실히 오전보다 오후에 초콜릿이 잘 나가고, 그것도 3~4시경에 판매가 집중된다. 여론조사 기관 갤럽에 의뢰해 표본과 편차, 평균을 따져가며 조사한 것은 아니고 내 경험과 직감상 그렇다는 말이다. 편의점 본사에서 제공하는 매출 분석 데이터를 활용해보아도 대충 그렇다.

손님들이 편의점에 내려와 "아, 당 떨어져!" 하면서 초콜릿 매대를 위아래로 훑는 시간대가 바로 그 무렵, 저거 마시고 심장이 온전하려나 싶을 정도로 카페인이 왕창 들어간 에너지 음료를 찾는 시간도 대개 그 무렵. 에너지 음료, 숙취 해소 음료 판매는 오후 5~6시에 정점을 찍는다. 각자 다른 곳에서 밤을 밝혀야 할 절박한(?) 이유 때문에 필요한 연료들이다.

그렇다면 숙취 해소 음료는 어느 '요일'에 많이 나갈까? 숙취 해소 음료가 많이 팔리는 요일이 따로 있을까 싶겠지만 장사꾼

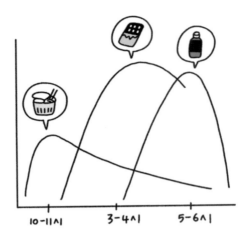

10-11시　　3-4시　　5-6시

의 직감으로는 그런 것도 존재한다. 우리 편의점은 목요일, 금요일에 숙취 해소 음료 판매량이 상대적으로 높다. 관공서에서 편의점을 운영할 때는 월요일과 화요일에 숙취 해소 음료가 많이 팔렸다. 석박사가 많은 연구 단지에서 편의점을 운영할 때는 수요일, 목요일이 '술요일'이었다. 이 편의점과 저 편의점의 차이는 뭘까? 서로 다른 찌찌뽕을 꼬집는 배경은 대체 뭘까? 종종 그것이 알고 싶다.

컵라면이 잘 나가는 시간도 따로 있다. 우리 편의점에서는 오전 10~11시, 그리고 오후 3~4시쯤 컵라면이 많이 팔린다. 학원가에서 편의점을 운영하는 점주에게 물으니 그곳은 오후

7~8시가 컵라면의 찌찌뽕이라는 것이다. 유흥가에서 편의점을 운영하는 점주에게 다시 물으니 그곳은 밤 10~11시가 컵라면 찌찌뽕 타임. 그리고 새벽에도 의외로 컵라면 손님들이 많단다. 각자 다른 이유, 다른 사연이 깃들어 있을 것이다.

컵라면 이야기가 나왔으니, 컵라면의 '연관 상품'으로는 당연히 삼각김밥과 볶음김치, 구운계란이 압도적 단짝을 이룬다. 혹은 즉석밥. 그런데 특이하게도 컵라면과 초코우유를 함께 구입하는 손님이 있었다. 매번 그랬다. 컵라면과 초코우유의 조합이라… 나는 좀 쌩뚱맞은 조합이라고 생각했는데 어느 날 그 손님과 동행한 손님이 계산대 위를 슬쩍 보더니 "어제도 마셨나 보구나?" 하며 빙그레 웃었다. 명색이 편의점 주인장이라는 사람이, 초코우유가 숙취 해소에 좋다는 사실을 그때 처음 알았다.

옆에서 빙그레 웃었던 그 손님도 아침 편의점에서 꿀물을 사 갔다는 사실은 나만 알고 있는 비밀. 나 역시 새벽에 편의점 나오자마자 오렌지주스에 탄산수 섞어 벌컥벌컥 들이켰단 사실은 궁금한 사람 하나 없는 또 하나의 비밀. 어쨌든 너도나도 이런저런 방법으로 숙취 해소 찌찌뽕.

우리 편의점이 비교적 한가한 시간은 직장인들 출근이 막 끝난 오전 9~10시와 점심시간이 막 끝난 오후 1~2시. 그때는 우리 편의점 식구들도 잠깐 숨 돌리며 휴식 모드로 들어간다. 계산대 의자에 몸을 기대고 앉아, 혹은 창고 구석에 쭈그리고 앉아, 라디오에서 흘러나오는 음악에 차분히 낭만 주파수를 맞춘다.

그런 날이 있다. 은연중 어떤 노래를 떠올리고 있었는데 라디오에서 때마침 그 노래가 나오는 것이다. 팔뚝에 소름이 돋는다. 라디오 PD나 작가님이 내 머리에 도청 장치라도 심어놓은 거 아닐까. 찌찌뽕! 찌찌뽕! 외치면서 방송국으로 달려가 팔뚝을 꼬집고 싶다.

그렇게 한참 음악에 취해 있으려니 이번에는 손님이 들어와 힐끔 스피커를 올려 보며 말한다. "노래 좋은데요!" 그래, 오늘 같은 날엔 이런 노래지! 또 한 번 "찌찌뽕!" 외치고 싶어진다. 그 시각에 같은 생각을 했을 청취자가 전국에 수천 명은 되었을 거다. 사람과 사람 사이에는 보이지 않는 감정의 연결 고리, 욕망의 공통분모가 있는가 보다. 장사를 하는 일도 어쩌면 그런 것들을 찾아나가는 과정일지 모른다.

선배에게 이런 이야기를 했더니 자기들은 찌찌뽕이 아니라 '유치뽕'이란다. "내가 삼겹살 먹자고 하면 아내는 치킨 먹고 싶다 하고, 내가 생맥주 마시자고 하면 아내는 커피 마시자고 우긴

다니까. 내가 산이 그립다고 하면 자기는 바다가 보고 싶다고 그래. 청개구리도 아니고 도대체…." 30년을 같이 살아도 맞는 것 하나 없다고 선배는 혀를 찬다.

이 선배, 뭘 모르는 양반이네. 형수님이 치킨 먹고 싶다고 하면 "와, 내 마음을 어떻게 알았어?" 하고 놀라는 척해보세요. 바다 보고 싶다고 하면 "어쩜, 우린 이렇게 잘 맞지?" 해보시고요. 여러분, 찌찌뽕은 '설계'하는 것.

경험하면 비로소 보이는 것들

핸드크림이 바닥났다. 보디로션도 다 팔렸다. 급기야 "폼클렌저나 스킨로션 같은 거라도 없나요?" 묻는 손님이 줄을 잇는다. 도대체 왜 이러는 걸까? 편의점을 시작한 첫해 겨울 일어난 사건이다.

편의점에서는 로션, 핸드크림, 왁스, 헤어스프레이, 폼클렌저 같은 미용 용품을 판매한다. 사실 이 상품들은 점주 입장에서는 일종의 계륵이다. 한 달에 한 개나 팔리려나? 유통기한이 매우 길기에 망정이지, 먼지 뒤집어쓰고 자리만 차지한 채 1년 내내 하나도 팔리지 않는 상품마저 있다. 거창하게 경제학적 효용 가치니 단위 면적당 매출 이익률 등을 따지면 안 파는 게 맞다. 그래도 '뭐든 다 있는 편의점'을 만들기 위해 소품처럼 갖다 놓는다. 물론 소품이라고 가치나 중요성이 떨어지는 것은 결코 아니다. 때로 주연보다 조연이 빛나고, 주역보다 단역이 소중한 법이니까.

그나저나 연말 우리 편의점에서 미용 용품이 왜 그렇게 갑자기 많이 팔렸던 것일까? 서울 강남 지역에만 발생하는 특급 건조주의보라도 내렸던 것일까? 알고 보니 우리 편의점 건물에 입주한 어느 기업이 '1 임직원 1 어린이 지원 사업'을 하고 있었다. 보육원, 소년원 같은 시설에 있는 아이들을 회사 임직원과 일대일로 연결해 편지와 선물을 보내준다고 했다. 그래서 연말에 아이들에게 보내려고, 손님들이 갑자기 우르르 몰려왔던 것. 거참 갸륵한지고.

편의점마다 달리 누리는 '대목'이 있다. 일반적으로 편의점은 주택가, 직장가, 유흥가, 학원가, 관광지 등 상권에 따라 유사한 판매 패턴을 보이는데, 하늘 아래 오로지 그 편의점에만 해당하는 호재가 있다. 예를 들어 전남 여수의 한 편의점은 거북선 축제가 열리는 기간에 대박을 맞는다. 음료와 맥주, 아이스크림을 평소보다 곱절로 쌓아놓고 손님을 기다린다. 1년에 딱 한 번, 이순신 장군께서 그 편의점 주인에게만 내려주시는 특급 보너스다. 서울 석촌호수 옆에 있는 편의점 점주는 벚꽃 피는 시기에 맞추어 발주량을 크게 늘리고, 강원도 정선에 있는 어느 편의점은 억새 축제가 열릴 적에 점주 얼굴에도 꽃이 활짝 핀다.

학교 앞 편의점 점주는 운동회가 언젠지 졸업식이 언젠지 그 학교 선생님들보다 잘 알고 있어야 한다. 심지어 학교 급식 메뉴에도 관심을 기울여야 한다. 인기 없는 반찬이 나오는 날, 아이들이 편의점으로 몰려오니까. 중견 건설 회사 1층에서 편의점을 운영하는 어떤 점주는 대규모 공사 입찰이 있을 때마다 "수주하게 해주소서!" 기도를 드린다. 그 회사 직원보다 간절히 하늘에 염원한다. 회사가 공사를 따내면 크고 작은 파티가 벌어지고, 손님들의 지갑 인심도 넉넉해지니까. 회사에 좋은 일이 있을 때마다 무엇을 준비해놓아야 하는지, 그 회사 총무 팀장보다 잘 알고 있다. 이런 것은 AI도 알 수 없는, 오로지 그 편의점 점주만 경험으로 체득한 통계다. 인공지능이 아니라 경험지능. 그런 것을 흔히 '짬밥'이라 했던가?

어쨌든 그 뒤로 나도 짬밥이 쌓여, 연말이 되면 미용 용품 발주량을 크게 늘렸다. 폼클렌저도 갖다 놓고 샴푸와 린스도 최고급으로 갖춰놓았다. 아예 선물 세트를 구비해놓기도 했다. 선물을 포장할 포장지와 테이프까지 친절히 준비해놓고 뿌듯하게 생각했다. 서당 개 3년이면….

가만 있자, 그러고 보니 우리 편의점에서만 유독 잘 팔리는 상품들이 있다. 그중 하나가 '리무버'. 매니큐어 지울 때 쓰는 그 화학약품 말이다. 다른 편의점에서는 1년에 한두 개 팔릴까 말까 하는 리무버가 우리 편의점에는 매월 네댓 개씩 팔린다. 어떤 날은 하루에만 두세 개가 팔리기도 한다.

이유인즉, 우리 편의점 바로 옆에 구내식당이 있다. 거기서 일하는 조리사분들은 규정상 손톱에 매니큐어를 칠하면 안 되나 보다. 그런데 주말에 뭔가 좋은 일이 있어 예쁘게 매니큐어 발랐다가 깜박 잊고 그대로 출근하는 것이다. 월요일에 리무버를 찾는 손님이 그렇게나 많다.

당신의 깜박은 나의 행복. 안타깝지만 편의점은 그런 곳 아니겠습니까. "아이고 최 여사님. 그러게 그걸 왜 잊으셨어요"라고 애절한 목소리로 위로하면서, '당신의 아픔에 내 가슴마저 찢어지는 것 같습니다'라고 함께 울어줄 것 같은 표정까지 지으면서, 손으로는 삑- 단호히 상품 바코드를 찍는다. 리무버가 팔릴 때는 화장솜, 손톱깎이가 함께 팔리고, 그 손님이 열 받아 그러는지 시원한 음료수까지 덩달아 팔린다. 삑―삑―삐익―삑, 고맙습니다. 또 오세요.

헤어젤이나 스프레이, 드라이빗이 유독 많이 팔리는 날도 있다. 다른 편의점은 봄가을의 문턱에 대체로 그렇다는데 우리 편의점은 어떤 특정한 날에 그렇다. 바로 입사 면접이 있는 날. 이때는 갑작스레 구두약이나 광택제를 찾는 손님부터 구강 청결제나 섬유 탈취제, 치약, 칫솔을 찾는 손님도 많다. 왜 그럴까? 쉬이 짐작이 될 것이다. 볼펜이나 네임펜도 덩달아 많이 팔린다. 인사팀에서 드링크 음료를 100개, 200개씩 박스째 가져가기도 한다. 거참, 인사팀 김 대리님, 준비 좀 철저히 하시지 그러셨어요. 삑―삑―삐익―삑, 고맙습니다. 또 오세요. 자주 오셔야 돼요.

이 밖에도 머리끈이나 반짇고리가 갑자기 여러 개 팔려 나가는 날이 있고(전국 바느질 대회라도 열린 걸까?), 컵라면을 박스로 사 가는 손님이 줄을 잇는 기간도 있다. 코로나19가 기승을 부리던 시절에는 휴대폰 충전기와 이어폰이 하루에 네댓 개씩 팔려 나가 우리 편의점 근무자들을 어리둥절하게 만들었다(전 국민 충전 대회, 전 국민 듣기 대회라도 열린 것일까?).

어떤 날 왜 그런 일이 벌어지는지, 나는 대충 짐작한다. 그리고 나중에 똑같은 상황이 벌어지려 하면, 한발 앞서 대처한다. 이런 걸 어떻게 공짜로 몽땅 가르쳐드리겠나. 더 이상의 자세한 설명은 생략한다. 쉿! 알려고 하면 다쳐요. 인공지능보다 비싼 것이 '경험지능'이라니까 그러네.

오늘 캘리포니아 날씨 어때?

　　편의점에 무슨 사기 사건이 있을까 싶겠지만 의외로 많다. 고전적인 수법 가운데 하나가 '점주 지인' 사칭. 알바가 근무하는 시간에 사기꾼이 찾아와, "내가 여기 점주 친구인데" 하면서 점주 부탁인 양 현금을 가져가는 수법이다. 그런 허술한 접근에 누가 당할까 싶겠지만 디테일이 더해지면 속는 경우가 많다.

　　한 남자가 점주랑 통화하는 척하면서 편의점에 들어온다. "달호야. 편의점 도착했어. 알바 바꿔줄게" 하면서 대뜸 알바생에게 휴대폰을 건넨다. 휴대폰 속 남자는 자기가 점주 봉달호라면서 그 사람에게 현금 10만 원을 주라고 한다. 교통사고를 일으켰는데 합의금이 필요하다든지, 급히 대금을 결제해야 한다든지, 그런 절박하고 다급한 이유를 말한다. 물론 편의점에 찾아온 낯선 남자, 자기가 봉달호라고 주장하는 휴대폰 속 남자, 둘 다 사기꾼이다.

알바 중 점주 이름을 아는 이가 과연 얼마나 될까? 점주 목소리를 기억하는 경우는? 휴대폰 속 목소리가 '점주'라고 하니까 점주인 줄 아는 것이다. 특히 초보 알바일수록 이런 수법에 쉽게 당한다.

그런데 사기꾼들은 점주 이름을 대체 어떻게 알까? 알바생이 초보인지는 어떻게 파악할까? 영수증에 보면 사업자 번호와 함께 대표자 이름이 찍혀 있다. 알바생의 신분(?)이야 명찰을 보면 안다. 편의점에 가보면 점주는 경영주, 알바는 스토어 매니저라고 구별해 표기한다. 게다가 일한 지 얼마 되지 않은 직원 명찰에는 '교육 중'이란 꼬리표까지 붙어 있다. '초보니까 실수가 좀 있더라도 양해해주세요'라는 애교의 뜻으로 그러는 건데 범죄자에게는 먹잇감이 되기도 한다. 하여간 사기꾼들이란….

하루는 계산대 쪽에서 옥신각신 소리가 나길래 고개를 내밀어 보니 단골손님 임 여사님과 정욱이가 한바탕 떠들썩하다.

"아이고, 누님. 큰일 날 뻔하셨네."

"옴메, 이거 뭔 일이랑가. 감쪽같이 우리 아들인 줄 알았당게." 임 여사님이 자기 휴대폰을 내게 보여준다. "엄마 지금 어디야?"로 시작된 카카오톡 대화는 "얼른 편의점에 가서 구글 기프트 카드 10만 원어치 사고 거기 적힌 핀PIN 번호 보내줘"로 끝나 있었다. 아들이 휴대폰 잃어버렸다고 구원을 요청하는 내용. 물론 여기서 아들은 가짜다. 아들 바라기 우리 임 여사. 그것도 모르고 편의점에 부리나케 달려와 "구글 머시긴가 하는 카드 어딨소?" 하고 물었다. 자식이란 이름 앞에 부모는 한없이 약해진다.

이런 사기 수법이 있으니 주의하라는 안내문이 본사에서 내려왔을 때만 해도 '설마 그런 일이 우리 편의점에 일어나겠어?' 했는데, '설마 그런 일'을 내 눈으로 목격하는 순간이었다. 정욱이 아니었으면 임 여사님 그대로 당할 뻔했다. 하여간 냉철한 녀석. 이럴 땐 차가움이 빛을 발한다니까.

이 수법이 얼마나 극성을 부렸으면 우리 편의점에서만 유사한 사건이 몇 번 더 일어났고, 그때마다 정욱이의 기지로 피해를 면했다. 그리고 이 수법이 전국적으로 얼마나 유행했으면, 나중에는 전국 모든 편의점에서 구글 기프트 카드 판매가 일시 중

단되기까지 했다. 글을 쓰고 있
는 지금 이 순간에도 '주의 요망'
을 알리는 경고창이 편의점 전산
망에 귀찮도록 올라오는 중이다.
세상에 사기꾼들은 왜 이리 많
은지.

이것이 문제의
기프트 카드

수법은 날로 진화해, 나중에
는 구글 본사 직원을 사칭하는 사람
이 편의점에 전화를 거는 방식으로 수법이 테크니컬(?)하게 바
뀌었다. "구글에서 기프트 카드 업무를 담당하는 직원 알렉스라
고 합니다. 지금 기프트 카드 가동 테스트 중이니 점포에 있는
카드 하나를 긁어 핀 번호를 불러주세요."

그나저나 사람들은 숱한 보이스 피싱 전화를 받는다는데, 내
겐 왜 걸려 오지 않는 걸까? '구글 본사 알렉스'가 우리 편의점
에도 전화를 좀 해줬으면 좋겠다. 조용히 듣고 있다가, "알렉스?
나야, 래리 페이지. 내 방으로 좀 건너올래?" 해줄 텐데.

이 밖에도 편의점에서는 여러 유형의 사기와 절도, 범죄가 일
어난다. 아주 간단하게는 마트에서 구입한 물건을 편의점에서

환불해 차익을 노리는 행위. 그렇게 해서 도대체 얼마나 번다고 그러는지 모르겠으나 세상엔 참 별의별 사람이 다 있다. 환불해 달라는 상품을 살펴볼 땐 '분명 우리 편의점에서 구입한 물건이 아니야' 싶다가도 "내가 여기서 샀으니까 샀다고 하지 거짓말을 하겠어요?!" 하고 소리를 빽 지르면 뒤에 있는 다른 손님에게 나쁜 인상을 줄까 봐 얼른 환불해주고 만다. 고가의 면도날을 마트에서 구입해 편의점을 순회하며 환불했던 전문 사기단이 있었고, 가짜 양주를 들고 와서는 환불해달라 떼쓰는 사람도 있다.

유통기한이 지난 상품을 일부러 진열대에 집어넣어 (물론 사기꾼들이 사전에 '작업'한 상품이다) 고발하겠다고 협박하는 사례가 잇따르기도 했고, "여기서 산 김밥 먹고 배탈 났다"고 하면서 무작정 드러눕는 사람도 있다. "그거 말고 저거! 아니, 저거 저거" 하면서 담배 이름을 자꾸 바꿔 말하며 알바생의 혼을 쏙 빼놓는 사이 현금이나 상품을 훔치는 도둑이 있으며, 물류 센터 배송 기사가 편의점에 상품을 전달하기 위해 왔다 갔다 하는 사이 트럭에 있는 물건을 훔쳐 달아난 사건도 있었다.

기프트 카드 사기 행각이 한창 극성일 때, 또 다른 안내문이 프랜차이즈 본사에서 전달됐다. "택배 사기 사건을 조심하세요!" 이것 역시 고전적인 수법.

손님이 와서 택배를 신청한다. 그리고 얼마 뒤 다른 사람이 와서는 "아까 누가 택배를 맡기지 않았나요?" 하면서 발송을 취소하고 다시 그 물건을 가져가겠다고 한다. 여기서부터 뭔가 이상한 냄새가 나지 않습니까? 원래 택배를 취소하려면 운송장 원본이 있어야 한다. 그런데 발송자의 친구나 가족이라며, "바빠서 대신 왔다"고 말한다. 그러면서 운송장 사진을 내민다. 어쩌겠는가, 바빠서 못 온다는데, 발송자 가족이라는데, 게다가 운송장 사진까지 갖고 있는데. 좀 찝찝하긴 하지만 취소해준다. 얼마 뒤 발송자가 직접 찾아와서는 거칠게 항의한다. 왜 내 택배를 임의로 취소했느냐고 노발대발한다. 이게 대체 어찌된 일일까?

택배를 취소하고 가져간 그놈이 바로 사기꾼이다. 원래 사기꾼과 발송자 사이에는 중고 물품 택배 거래가 있었다. 발송자가 물건을 보내고 운송장을 사진으로 찍어 보내주니까, 사기꾼이 편의점 이름을 알고 찾아와 중간에 가로챈 것이다. 택배로 주고받으려던 물건은 귀금속이나 전자 기기 같은 고가품. 이런 경우, 엄밀히 따지자면 운송장 '원본'을 확인하는 절차를 지키지 않은 편의점 측의 잘못이 된다. 편의점에서는 해당 알바생에게 책임을 묻겠지. 이래저래 약자만 울게 되는 씁쓸한 세상이다.

이러니 편의점이 온갖 범죄 행위의 온상이라도 되는 듯한 분위기이지만, 수만 개 편의점에서 일어난 희귀한 사례를 모으고 모아 소개한 것이라고 보면 되겠다. 오늘도 편의점은 평온하다. 0.00001퍼센트의 '나쁜 놈들'이 우리를 서로 믿지 못하고 불안하게 만들 뿐.

그나저나 오늘도 나는 편의점에서 알렉스의 전화를 애타게 기다리는 중이다. "알렉스? 요즘 구글 주가가 왜 이래?" 하고 다정히 물어보고 싶은데. 그보다 앞서 "오늘 캘리포니아 날씨는 어때?" 묻고 싶은데. 알렉스? 알렉스? 듣고 있나?

진짜인가 가짜인가

가격표 옆에 경고문을 붙인다. "구워 드시면 안 돼요!" 물론 끝내 이걸 구워 드실 손님이야 없겠지만 관심 좀 끌어보겠다는 거다. 삼겹살 젤리가 나왔다. 정말 삼겹살 모양이랑 똑같이 생겼다. 손님들이 신기하다고 자꾸 눌러보고 둘러본다.

그 옆에 있는 젤리 가격표 아래에도 친절하게 안내문을 내건다. "짜장면이랑 함께 드시면 곤란합니다!" 이번에는 단무

지 젤리. 노오란 빛깔이 단무지 모양 그대로
다. 먹어봤더니 새콤달콤 파인애플 맛이 난

다. 짜장면에 곁들여 먹는다고 별일이야 없
겠지만 굳이 권장까지 하고 싶지는 않다.

　말랑말랑 모양을 만들기 쉬워 그런지 젤리

는 특이한 제품이 많다. 거봉 젤리가 있고 딸기, 바

나나, 망고, 복숭아, 사과, 수박 온갖 과일 모양 젤

리가 다 있다. 앙증맞은 마카롱 모양 젤리가 있
고, 원두 모양으로 생겨 커피 맛이 나는 젤리
가 있으며, 손바닥만 한 종이 상자 안에 들어간
귤 젤리도 있다. 지구 모양 젤리는 아이들에

게 폭발적인 인기를 누리면서 한동안 지
구에 없어 못 팔 정도였고, UFO 젤리, 피
자 젤리, 스파게티 젤리, 계란 프라이 젤리 등 별별 젤리가 다 있
다. 지렁이, 곤충, 콜라병 모양으로 생긴 젤리는 이제 고전에 가
깝다.

　그래도 여기까진 양반. 잘한다 잘한다 박수 치면 꼭 선을 넘
는 녀석들이 있더라. 참치회 젤리, 떡볶이 젤리, 짜장면 젤리까
지는 그러려니 했는데 닭발 젤리, 눈알 젤리, 이빨 젤리가 줄지

어 나오는가 싶더니 급기야 황갈색 대변大便 모양 젤리까지 등장했다. 하, 뭐 하자는 건가.

편의점엔 특이한 상품이 많다. 똑같이 생겼는데 원래와 다른 것들이 있다. 유별난 모양새로 손님을 유혹한다. 밀가루 브랜드 '곰표' 기억하시는지? 그 이름 딴 곰표 맥주가 있다. 밀맥주라는 점을 강조하기 위해 그런 조합을 이룬 것은 이해하는데, 뒤이어 구두약 브랜드 '말표' 이름을 내건 흑맥주가 나왔다. 구두약과 맥주의 조합이라니, 이건 또 뭐 하자는 건가. 이 밖에도 미원 맛소금 포장지와 똑같이 생긴 맛소금 팝콘이 있고, 유동골뱅이 캔디자인을 입힌 골뱅이 맥주가 있다. 여기까지만 해도 봐주는데, 역시 '선을 넘는' 녀석이 또 나온다. 시멘트 브랜드 '천마표'를 그려놓은 팝콘이 나왔다. 시멘트와 팝콘의 조합이라니…. 하, 뭐 하자는 건가.

아이스크림 냉동고에도 재밌는 녀석들이 삐죽 얼굴을 내민다. 초당두부 아이스크림에서는 구수한 순두부 맛이 나고, 식혜를 그대로 얼린 하드를 먹다 보면 혀끝으로 밥알이 굴러가는 것이 느껴진다. 아침햇살바, 초록매실바, 봉봉바, 쌕쌕바, 연양갱바, 빼빼로바, 버터링바까지 추억의 모든 것을 다 얼릴 기세다.

가끔 "술 확 깨는 아이스크림 없나요?"라고 묻는 손님들이 있는데, 그런 손님들 때문에 만들었을까, 숙취 해소 아이스크림이 나왔다. 이름은 '견뎌바'. 견뎌라, 견디는 자에게 해소가 있을지니. 말이 나왔으니 이름 자체가 '해장커피'인 편의점 커피가 있고, 초코우유로 숙취를 해소하는 손님들을 위해 특별한 우유가 나온 적도 있다. 이름하여 '헛개로 깨-초코'. 그러다가 제주에서 나는 천연 원료로 엄선해 만들었다는 숙취 해소 음료까지 등장했는데, 그 이름은 '깨수깡'. 그걸 마셨더니 천지연 폭포처럼 정신이 확 깨수꽈?

라면 진열대 쪽으로 장바구니를 들고 가보자. 명함이 독특한 녀석들이 여기 더 많다. 인생라면, 부자될라면, 배터질라면. 장난이 아니라 진짜 이름이 이렇다. 보험 회사와 협업해 만든 '내차보험 만기라면'이 있고, 증권 회사와 협업해 만든 '돈벌라면'도 있다. 돈벌라면 뚜껑을 열면 해외 주식 분말수프, 국내 주식 건더기 수프, 펀드 별첨 수프가 나온다. 하, 디테일이 꼼꼼하구나. 젓가락은 공매도 제한 젓가락이라 부르고, 용기 안쪽 물 붓는 선에는 상한가와 하한가까지 그려놓지 그랬을까? 그러고 보니 국회 앞에서 '당선될라면' 팔면 잘 팔릴 텐데, 노량진 학원가에서 '합격할라면' 팔아도 잘 팔릴 텐데. 주가오를라면, 월급오를라면,

매출쑥쑥할라면, 성적오를라면, 키클라면, 예뻐질라면, 살빠질라면, 오래살라면, 건강할라면, 사랑할라면, 코로나물러날라면, 세상바꿀라면… 갖은 희망 그러모아 수백 가지 라면은 만들 수 있겠다. 할수만있다면[▮].

이름이나 모양만 독특한 것이 아니라 편의점엔 정말 별의별 걸 다 판다. 가끔은, 내 직업이 과연 몇 갠가 하는 생각까지 해본다. "이번 달부터 전국 편의점에서 반려견 보험 상품을 판매하기로 했습니다"라는 본사 안내문을 받았을 때 내 직업의 정체성에 대해 다시 돌아보았다. 강아지를 위한 보험 상품을 편의점에서 팔기 시작하다니! 소매업, 외식업, 통신업, 물류업에 이어 금융업까지 진출하게 되다니!

편의점에서 택배를 부치고 받을 수 있게 된 것은 이제 옛날 이야기가 되었고, 편의점에서 전기, 가스, 수도 요금을 낼 수 있단 사실도 상식에 가깝다. 고속도로 통행료도 편의점에서 내고, 하이패스 단말기도 편의점에서 구입할 수 있다. 편의점에서 치킨 팔고, 편의점에서 어묵, 닭꼬치, 군고구마도 판다. 갓 볶은 원두를 갈아 내려주는 천 원짜리 편의점 커피는 '갓성비' 대명사로 꼽힌다. 편의점에서 휴대폰을 개통할 수 있고, 휴대폰 유심 카드도 판매한다. 편의점에서 자궁경부암 진단 키트까지 구입할 수 있다. 진단 키트를 구입해 자가 진단하고, 필터를 편의점에서 택배로 병원에 보내면, 다시 편의점을 통해 검진 결과를 통보받는다. 급기야 셀프 음주 측정 키트까지 편의점에 출시됐는데, 음주를 하셨으면 진단을 말고 그냥 운전을 하지 마시라니까요.

내 직업은 과연 무엇인가? 편의점에서 아이스크림 케이크 팔고, 참치회, 편육, 홍어회, 양꼬치, 삼겹살까지 판다. 전자레인지에 돌려 바로 먹을 수 있는 수제비와 잔치국수도 언제나 편의점에서 당신을 기다린다. 도대체 편의점에서 할 수 없는 일이 뭐가 있을까? 스무 평 작은 공간에 온갖 욕망을 다 집어넣었다. 공과금 수납원, 치킨집 아저씨, 군고구마 노점상, 빵가게 주인장, 분식점 조리사, 보험 설계사, 급기야 의사, 간호사, 경찰관까지…. 내 직업은 서른 개, 마흔 개쯤 될까? 스승님이 그러셨지. 전부는 전무全無와 같다고. 이러니 어째 노장老莊 사상 강의 같다만, 모든 일을 다 할 수 있다는 것은 어쩌면 '아무것도 할 수 없다는 것'과 같지 않을까. 그윽한 반성(?)과 성찰까지 해본다.

세상이 무료해 그런지 편의점엔 언제나 기발한 상품들이 쏟아지며 손님을 즐겁게 한다. 하루가 다르게 출시되는 신상품과 새로운 서비스를 접수하다 보면 머리가 어지러울 정도다. 이것 익히면 저것 나오고, 이제 슬슬 익숙해진다 싶더니 그새 옛것이 되고, 새것은 옛것에게 저리 가라 손가락질한다. 편의점에서 그러한 옛것과 새것, 진짜와 가짜, 원본과 모방의 치열한 각축전을 목격한다. 나는 새것인가 낡은 것인가. 나는 진짜인가 가짜인가.

나는 누구인가? 엉뚱하게 그것에 대해 생각한다. 오래됐다고 다 낡은 것은 아니고 새로 나왔다고 모두 신선한 것도 아니지만, 가짜가 진짜를 우롱하고 낡은 것이 모양만 바꿔 새것인 양 으스대는 세상에서, 편의점 계산대에 앉아 진짜와 새것의 의미를 살펴보곤 한다. 편의점에서 파는 상품이야 재미로 그러는 것이고, 손님과 점주에게 쏠쏠한 재미와 이익이라도 가져다준다지만 쓸데없는 복제품과 돌려 막기 재탕들이 어깨띠만 바꿔 둘러매고 얼굴을 내미는 세상사 뉴스를 듣다 보면 긴 한숨이 새어 나온다.

정세랑 작가의 소설 《보건교사 안은영》에서 주인공 은영은 다른 사람들이 볼 수 없는 것을 보는 능력을 지니고 있다. 죽은 자의 영혼이 젤리로 살아나고, 사람들 욕망과 감정 또한 끈적한 젤리 모양으로 세상을 떠도는 것이 은영 눈엔 보인다. 은영은 비비탄 총과 플라스틱 장난감 칼을 들고 그런 젤리들을 물리치며 활약한다. 다정한 사람이 손잡아주면 퇴마력도 상승한다. 이 무슨 황당한 이야긴가 싶겠지만 우리는 가끔 그런 상상에 희망을 얹으며 함께 즐거워한다.

물론 우리에겐 세상을 젤리로 보는 능력이 없고, 비비탄 총과 무지개 칼 또한 수중에 없으니, 오늘 오후에는 편의점에서 '선 넘은' 젤리 녀석들 골라 씹으며 우리 나름의 '젤리 퇴치'를 해보는 건 어떨까? 나도 편의점 창고 안에서 질겅질겅 젤리나 씹으면서 내가 누군지 다시 돌아봐야겠다.

젖소야 고마워, 그리고 미안해

111년 만의 폭염이 이어졌다는 2018년 여름. 세계는 더위와 싸웠고 편의점은 우유와 싸웠다.

우유 때문에 발을 동동 굴렀다. 그동안 차질 없이 들어오던 우유가 물량 부족으로 자주 공급이 끊기고, 다른 상품으로 대체되기도 하고, 발주 수량에 제한이 걸리기도 했다. 급기야 가격까지 올랐다. 900원에서 950원으로 가격이 오른 200밀리리터 우유 가격표를 갈아 끼우며 정욱이는 "헷갈리게 자꾸 바뀌네"라고 투덜거렸고, 그사이 나는 머나먼 동쪽 대관령 젖소들의 갸륵한 운명을 떠올리곤 했다. 음메—

우유는 좀 독특한 상품이다. 맨날 먹는 우유에 무슨 특이함이 있을까 싶겠지만, 여름엔 없어 못 팔고 겨울에 남아돌아 걱정인 상품이 우유다. 필요할 땐 부족하고, 그다지 필요 없을 때는 넘쳐나는, 꽤 삐딱선을 타는 녀석이다. 대체 왜 그럴까? 한마디로 이유를 말하자면, 편의점에서 판매하는 수천수만 가지 상품 가운데 '오롯이 한 생명체의 힘만으로' 만들어지는 유일한 상품이 우유이기 때문이다.

우유는 젖소가 만든다. 그런데 젖소는 여름에 힘이 달린다. 힘이 달리니 우유 생산량이 확 준다. 그럼에도 인간들은 라테니 빙수니 아이스크림이니 하면서 여름에 유독 우유를 더 달라고 아우성이다. 겨울보다는 여름이 시원한 우유를 들이켜기에 좋은 계절이기도 하다. 여기서부터 시작되는 젖소와 인간의 완벽한 부조화. 여름엔 젖소가 힘들어하는데, 그렇다고 여름에 젖소들에게 "우리 인간들이 필요해서 그래요. 좀 더 분발해주세요"라고 할 수도 없는 노릇이다.

반면, 겨울엔 우유가 넘친다. 겨울엔 젖소들이 힘이 넘친다. "젖이 막 솟아나는걸. 뽑아내야겠−소. 음메−" 하면서 함성을 지른다. 이때 인간들은 우유가 차다고 잘 안 마신다. 소비량이 현격히 줄어든다. 편의점에도 여름에는 유통기한 지나 버리는 우

"젖소님, 좀 더 분발해주세요!"
"인간들아, 지친다 지쳐."

유가 거의 없지만, 겨울철엔 폐기량이 부쩍 늘어난다. 이것 참, 갈수록 불균형. 우리 잘못이 아니다. 젖소 잘못도 아니다. 자연의 순리가 그렇다.

어쩌다 보니 이번에는 젖소학, 아니 우유학 강의가 되어버렸는데, 그런 김에 자세히 살펴보자. 여름에 우유가 부족하고 겨울에 남아도는 현상은 우리나라에만 유난한 풍경이다. 한반도 터줏대감인 한민족은 원래 우유를 즐기지 않았다. 우리가 우유를 먹기 시작한 것은 이 땅의 긴 역사에 비추어보면 극히 최근의 일. 우리나라에서 키우는 젖소만 봐도 거의 한국으로 이민 온 외래종들인데, 모두 추운 지방에서 살던 녀석들이다. 젖소의 생김새를 소개하자면 하얀 피부에 검은 반점이 있는, 맞다, "송아지, 송아지, 얼-룩 송아지" 할 때 바로 그 녀석들. '홀스타인' 품종이다. 이 홀스타인이 겨울에 강하지만 여름에는 약하다. 따라서 우리는 여름에 유난히 '우유난'을 겪는 것이다.

젖소에서 나온 원유原乳는 그 상태 거의 그대로 용기에 담아 판매한다. 우리 한국인은 유독 이런 생우유를 선호한다. 그런데 원유에는 저장성이 없다. 짜면 바로 팔아야 한다. 수출입도 쉽지 않다. 이렇듯 수입, 수출, 비축 등을 통해 수요-공급을 조절하기 어렵다는 것도 우유의 중요한 특징 가운데 하나다. 여름에 젖소들에게 "분발해주세요!" 할 수 없는 것처럼, 여름에 인간들에게 "젖소님들 피곤하시니까 우유 섭취를 좀 자제합시다. 여름엔 참으세요!" 할 수도 없는 노릇이다. 가면 갈수록 도드라지는 젖소와 인간의 엇갈린 만남. 그래도 인간에게 모든 영양소를 골고루 공급해주는, 대표적인 완전식품이기 때문에 우리는 우유를 끊을 수 없다. 어찌할까나.

"젖소 수를 확 늘리면 되지 않나요?" 이런 자본주의적인 질문이 나올 수 있겠다. 거기에 자본주의적으로 답변하자면, 농번기 때 일손이 달린다고 정규직 인부를 늘려놓고 농한기에는 윷놀이만 하라고 할 수는 없지 않은가. 젖소에게도 이런 냉정한 시장경제학이 적용된다. '아슬아슬한' 수량을 유지하는 것이다.

게다가 젖소는 마리당 가격이 상당하단다. 웬만한 자본력으로는 쉽게 나설 수 없는 것이 낙농업이다. 목장을 만들기 위해서는 부지뿐 아니라 각종 지역 민원도 감당해야 하고, 배설물 처리를 비롯한 환경 규제도 갈수록 강화되는 중이다. 설상가상, 어린 젖소를 들여와 젖을 짜낼 수 있을 때까지 2년 정도 시간이 걸리는데, 그동안 먹이고 키우는 비용까지 고려해야 한다니 역시 아무나 나설 수 없는 사업이다.

"그래도 기업은 돈이 된다고 하면 양잿물이라도 달게 마실 텐데요?" 이번에는 조금 반체제적인 억양으로 질문하는 목소리가 들린다. 우유는 빵, 과자, 커피, 버터, 치즈, 연유 등 수많은 식품의 원료로 사용되니 소비자 물가에 미치는 영향이 만만치 않고, 그에 따라 국민 여론과 경제에 미치는 효과 또한 적지 않아 정부에서 알게 모르게 가격을 통제하는 품목 가운데 하나다. 원유 공급 가격은 물론 우유의 최종 판매 가격까지 일정한 범위 안에서 제한된다. 그러니 '이익'을 최우선으로 하는 기업으로서는 투자는 많고 수입은 탐탁잖으며 통제만 많은, 골치 아픈 젖소라서 섣불리 키우려 하지 않습니다…라고 반체제적인 눈빛으로 답변드린다.

어쨌든 그래서 우리는 비교적 저렴한 가격에 우유를 먹고 있는 것이라고 한다. 또 그래서 낙농업자들이 아우성이다. 원유 가격을 올려달라고 말이다. 낙농업자들이 가격 인상을 요구하며 원유 납품을 거부하는 바람에 전국 편의점에 우유 품귀 현상이 벌어졌던 적도 있다. 그때 우유를 사러 왔다가 발길을 돌리던 손님들의 그늘진 얼굴이 떠오른다. 파업은 젖소들도 하고 싶을 텐데 말이지.

화제를 돌려보자. 이런 논란 가운데 가장 고생하는 인물(?)은 역시 젖소.

젖을 짜내기 위해 암소는 늘 임신 상태여야 한다. 인간을 위해 암소는 '원치 않는 임신 상태'를 언제나 유지하는 것이다. 죽을 때까지 임신, 또 임신. 젖소 한 마리가 만들어내는 원유는 매년 9톤 정도. 그렇게 7~8년 동안 주야장천 우유만 뽑아내다가 수유 능력을 상실하면 폐사하게 된다. (암소야, 미안해.)

그런가 하면 수소는 또 수소 나름대로 죽을 때까지 정액을 짜내는 고초를 겪는다. 우리가 정육점에 가보면 '육우(고기肉를 위한 소牛)'라는 품종을 볼 수 있는데, 그 가운데 일부가 수컷 젖소들이다. 암소와 달리 수소는 정액을 공급하는 녀석 하나만 남기고 모두 육우의 운명을 맞는다. (수소야, 너도 미안해.)

커트 보니것 소설 《제5도살장》에 보면 인간이 외계인에게 납치돼 실험과 관찰 대상이 되어 원치 않는 짝짓기를 하고 아이를 낳는 내용이 나오는데, 이런 식으로 입장 바꿔 생각해보자. 당신이 어딘가 외계 행성으로 끌려갔는데 그곳 외계인들이 인간의 젖이 맛있다고 자꾸 만들어내라 협박하고, 그래서 원치 않는 임신 상태를 유지하면서 매일 젖을 짜내고 또 짜내고, 밤낮 그것만 하고, 그러다 남자는 죽이고 여자는 젖이 나오지 않으면…. 상상만 해도 끔찍하지 않은가. 젖소들의 운명이 그런 것이다. 이 때문에 '동물권' 차원에서 우유를 거부하는 채식주의자들이 꽤 있다.

그렇다고 내가 채식주의자이거나 대단한 동물권 보호주의자 인 건 아니고, 괜히 이런 글이나 써서 우리 편의점에 우유 판매량이 줄지 않을까 걱정하는 일개 장사꾼일 따름이다. 글 쓰고 있는 이 순간에도 편의점 냉장고에 있는 우유 한 통을 물끄러미 바라보며 '저 녀석, 유통기한이 여덟 시간밖에 남지 않았네. 안 팔리면 어떡하나' 걱정하는 우주의 먼지 같은 존재다.

겨울이 되면 유독 우유에 1+1, 2+1 행사가 많이 걸린다. 그 이유는 이제 독자들도 짐작하실 것이다. 오늘도 나는 새벽 편의 점에서 우유를 진열한다. 이달에 새로 시작하는 1+1 우유 행사 홍보물을 갈아 끼운다. 그러면서 머나먼 대관령에서 시원하게 불어오는 샛바람과 살진 젖소들의 갸륵한 운명을 다시금 떠올린다. 젖소야 미안해, 그리고 고마워. 음메—

백목련처럼 진달래처럼

　　　안녕하세요. 호빵입니다. 호빵이 말을 하니까 신기하다고요? 호빵이 어떻게 말을 하냐고요? 호호호호호. 그냥 그러려니 하고 넘어가세요. (앞에서는 젖소도 말을 했잖아요.)

　사실 호빵은 보통명사가 아니라 고유명사, 그러니까 상표의 이름이랍니다. 즉석밥 종류는 많은데 사람들이 흔히 '햇반'이라는 특정한 상표의 이름으로 부르거나, 상처 났을 때 붙이는 반창고를 어른들이 '대일밴드'라고 뭉쳐 부르는 것처럼 말이에요. 상처 연고 종류는 많은데 '후시딘'이라고 말하거나, 스테이플러를 '호치키스'라는 제조사 이름으로 부르는 것도 비슷한 사례지요.

사전에 등록된 제 이름은 '찐빵'이랍니다. 그런데 저를 우리나라에 처음 들여온 제빵 회사 사장님이 "호호호 웃으며 함께 먹을 수 있는 빵이라는 뜻에서 '호빵' 어때?" 했던 것이 오늘까지 이어졌다고 해요. 그 사장님 꽤 낭만적이지 않나요? 그렇게 호빵이란 이름이 널리 쓰이면서 보통명사가 되었어요. 지금은 저를 생산하는 많은 회사들이 찐빵이라 말하지 않고 호빵이라 하지요. '초코파이'처럼 말이에요. (초코파이도 원래 특정 상표의 이름! 법원 판결로 '보통명사화'되었습니다.)

그나저나 제가 가장 인기 있는 계절은 언제일까요? "호빵이 인기 있는 계절? 그야 당연히 겨울 아니야?"라고 답하실 텐데, 꼭 그렇지만은 않아요. 저는 '의외로' 가을에 많이 팔린답니다. 연간 판매량의 40퍼센트가 10월과 11월에 팔려 나가요. 사람들이 추위를 일상으로 받아들이는 한겨울에는 저의 인기가 오히려 주춤합니다. 뭐든 그렇죠. 우리가 무언가에 미처 적응하지 못하고 있을 때, 바로 그때 도움을 받으면 고마움을 더욱 크게 느끼는 법이거든요.

기나긴 여름의 끝자락을 따라 선선한 바람이 불어올 즈음, 저는 편의점에 얼굴을 내밀기 시작합니다. 얼음컵 냉동고가 빠져나간 자리를 재빨리 호빵 찜기가 차지하게 됩니다. 제가 출시되는 타이밍에 전국 편의점에서는 여러 행사가 열려요. 저를 하나 사면 하나 더 주고, 저를 사면 커피와 주스를 덤으로 주기도 하고, 봉지째 사면 할인해주고. 이런 이벤트를 통해 저는 누구보다 먼저 계절을 차지하려 바삐 땀을 흘린답니다.

편의점 점주님들은 계절을 한발 앞질러 저를 편의점에 데려다 놓습니다. 왕창왕창, 그득그득, 편의점 앞에 쌓아둡니다. 거기에도 작은 비밀이 숨어 있어요. 설령 팔리지 않더라도 손실분을 프랜차이즈 본사에서 보상해주는 제도가 있기 때문이에요. '90퍼센트 손실 보상' '70퍼센트 폐기 지원' 같은 조건을 내걸고 "호빵 많이 파세요!" "실컷 파세요!" 재촉합니다. 손님들은 모르고 점주들만 아는 사실이지요. 계절을 온전히 자기 몫으로 가져가려는 저마다의 치열한 경쟁이에요.

내 속엔 내가 너무도 많아요. 어르신들은 단팥 아니면 야채 정도로 저를 기억하지만 요즘엔 피자까지 가세해 호빵 삼국지를 이룹니다. 거기에 크림치즈, 불닭, 짬뽕, 씨앗 등 여러 호빵이 있어요. 그뿐인 줄 아세요? 쑥떡호빵, 땡초치킨호빵, 큐브스테이크호빵, 고기부추호빵, 고추잡채호빵, 순창고추장호빵까지 세상엔 별의별 호빵이 다 있답니다. 스무 가지 넘는 호빵이 있어요. 초콜릿 회사와 협력해 만든 초코호빵이 있고요, 미니언즈 모양으로 생긴 호빵도 있습니다. 일본 편의점에 가보면 헬로키티를 비롯해 캐릭터를 본뜬 호빵이 유난히 많아요. 미니언즈와 헬로키티 머리를 둘로 쪼개서 냠냠냠. 흐, 좀 엽기적이죠? (그래도 맛있어요.)

앞으로는 야채와 단팥 사이에서 고민하지 마시고 다양한 호빵 맛을 즐겨보세요. 자, 그럼 저는 이만 마이크를 호빵 찜기에게 넘길게요. 호빵 찜기님 나오세요!

저, 저, 저요? 호빵이 한참 조잘조잘 떠들어대더니 마이크를 갑자기 저에게 넘기는군요. 안녕하세요. 호빵 찜기입니다. 찜기가 어떻게 말을 하느냐고요. 하하하하하, 그러려니 하고 넘어가세요.

겨울 편의점의 3대장은 바로 저 호빵 찜기 그리고 '군고구마'와 '어묵' 조리기입니다. 옛날에는 노점 트럭이나 손수레에서 노릇노릇 군고구마를 구웠잖아요. 요즘은 가까운 편의점으로 가시면 된답니다.

길거리 포장마차 어묵도 지금은 편의점에서 즐길 수 있어요. 꼬챙이로 파는 어묵은 물론이고요, 컵 용기에 국물까지 담긴 어묵도 있어요. 한결 위생적이고 편리해졌죠. 이러다가 군고구마와 어묵 조리기에게 제 자리를 뺏길까 걱정이 되기도 합니다만 아무렴 호빵 찜기의 수십 년 전통을 따라잡기야 하겠어요? 호빵이야말로 겨울철 편의점 먹거리의 상징이지요.

그나저나 이젠 헤어질 때도 된 것 같군요. 벌써 2월이에요. 낮기온은 섭씨 6~7도쯤 되고요, 밤 최저기온이 영상에 닿는 날도 있어요. 다음 주에는 날씨가 더 따뜻해진다고 하더군요. 호빵 찜기가 슬슬 물러날 때가 된 거죠. 군고구마, 어묵 조리기와 함께 말이에요.

저희가 편의점에서 철수하면 어디로 가느냐고 궁금해하는 분들이 많으신데요, 개별 편의점 창고에 있는 것이 아니라 보통은 프랜차이즈 본사 창고로 간답니다. 겨우내 전국 편의점에 흩어졌던 친구들이 다시 거기로 모여 신체검사를 받고, 일괄 소독한 다음, 단정히 상자 속에 들어가 다음 겨울을 기다립니다.

창고 안에서 도란도란 우리는 그간의 일들을 자랑합니다. 멀리 섬마을 편의점으로 갔던 녀석은 겨울 바다의 고즈넉한 아름다움을 낭만 가득한 목소리로 회상할 테고, 공장 지대 편의점으로 실려 갔던 친구는 근로자들의 땀 냄새, 기름 냄새, 작업복 냄새를 은근히 추억하며 말하겠지요. 지하철 역사 편의점 입구에서 있던 호빵 찜기 녀석은 출퇴근 시간 밀려오고 밀려가던 사람들의 물결을 허풍이 잔뜩 들어간 목소리로 그려낼 거예요.

본사에 건의할 수 있다면, 저는 내년에는 학교 앞 편의점을 지키고 싶어요. 세상을 휩쓸었던 역병이 물러나 교실은 아이들의 호기심 어린 눈빛으로 반짝일 테고, 운동장은 신나는 비명으로 들썩일 거예요. 하교 시간쯤이면 저는 따끈한 호빵을 쪄내고 있을 겁니다. 어서 오렴, 얘들아. 마스크 쓰고 지내느라 힘들었지?

햇살 가운데 바스락바스락 봄이 다가오는 소리가 들리시나요? 곧 매화, 백목련, 개나리, 진달래가 차례대로 꽃을 피울 거예요. 이른 봄에 피는 꽃은 늦가을에 이미 꽃봉오리를 만들어놓고 겨우내 혹독한 추위를 견뎌낸 다음 가장 먼저 봄을 알린다고 하지요. 겨울이 추웠던 만큼 꽃도 아름답다고 해요. 유난히 매섭고 쓸쓸했던 지난겨울, 당신 마음속에도 백목련 같은 꽃봉오리 하나가 자라나고 있었을 거예요. 어느 노랫말처럼 "이 어둠 걷히고 내일이 오면 햇살처럼 큰 웃음으로" 다시 만나요.

코로나19는 커다란 바위산 하나가 무너져 내린 파문이었다.
고통의 기나긴 터널을 지나다 보니 비로소 보이는 것들이 있더라.
어둠의 끝자락은 보일락 말락 아직 희미하지만
가족, 이웃, 친구, 동료가 있어 끝내 이기리란 희망만큼은 여전히 또렷하다.

3부

오늘도 지킵니다, 편의점

우리, 지킴

어느 낯선 세상의 서막

──── 코로나 일기, 첫 번째

"한번 겪어본 일이잖아."

살아가며 우리는 종종 이런 말을 하곤 한다. 그것은 긍정으로, 때로 부정으로 훗날 영향을 미친다. 한번 겪었으니 나중에 비슷한 일이 닥쳐도 느긋하고 여유롭게 대응하기도 하지만, 한번 겪었으니 공포에 사로잡혀 지나친 대응을 할 수도 있다. 인간은 그런 동물이다. 나는 대체로 어느 쪽일까?

편의점 일이라는 것이 대개 그렇다. '겪어본' 일의 연속이다. 봄 가면 여름 오고, 여름 가면 가을 오고, 또 겨울 오고, 다시 봄 오고, 뫼비우스 띠 위를 뱅글뱅글 도는 것 같다.

그런 일상을 9년쯤 반복하다 보면 특별히 '새로운' 일이랄 게 없다. 매장을 비운 날 알바생에게 급히 전화가 올 때가 있다. 상대는 떠들썩한 호흡으로 "사장님 큰일 났어요!" 하고 이야기를 시작하지만 나는 대체로 겪어본 일이다. '경험'의 범주 안에 들어가 있다. 수도관이 동파돼 편의점 안이 물난리가 났다든지, 돌풍에 파라솔이나 어닝(차양)이 날아갔다든지, 만취한 손님이 행패를 부리고 있다든지, 유통기한 지난 상품을 알바가 실수로 판매했다든지… 사건은 수시로 발생하지만 거의 모든 일이 경험의 동그라미 안에 들어가 있다. 한 번도 겪어보지 않은 일이란, 아마도, 거의 없다.

좀 무료하구나, 그런 나른한 감성으로 나는 편의점 9년 차를 제법 평온하게 보내고 있었다. 그렇게 나는 스스로 성숙했다 여기고 있었으며 심지어 '편의점 안에서 내가 새롭게 경험할 일이란 더 이상 없다'라고까지 생각했다. 오만이었다. 그래서 벌을 받은 걸까.

중국에 이상한 전염병이 돌고 있다는 소식을 들었을 때, 나는 그것 또한 겪어본 일의 범위에 들어 있다고 판단했다. 몇 년 전엔 낙타더니 이번엔 박쥐로군, 시큰둥하게 받아들였다. '이미 겪어본' 메르스 때의 기억을 더듬어보았다. 발주량을 당분간 늘려야겠군. 마스크, 손 소독제, 그리고 뭐가 있더라?

본사 전산망에 들어가보았다. 이런 부분에 있어 본사는 역시 번개보다 빠르다. "신종 코로나 바이러스 관련 상품 운영 안내" 감염병이 유행하면 많이 팔리는 상품을 벌써 쭉 추천해놓았다. 목록을 훑어보니 장사꾼의 촉을 크게 벗어나지는 않는다. 역-시! 마스크와 손 소독제, 세정제 발주량을 최대치까지 입력했다. 그리고 물류 센터에 전화해 추가로 확보할 수 있는 물량까지 물었다. 그리고 또 뭐가 있더라? 삼각김밥도 많이 팔리지 않을까? 생수 매출도 좀 늘지 않을까? 메르스 때는 담배 매출도 올랐었지 하면서 어떤 것은 많이 팔리고 어떤 것은 적게 팔릴지 나름대로 예상해보았다.

메르스 때, 그때는 그것이 편의점에, 특히 우리 편의점에 호재였다. 사람들이 사무실 바깥으로 나가지 않으니 간단한 먹거리가 많이 팔렸고, 그전에는 취급도 하지 않던 손 소독제와 세정제까지 불티나게 팔렸다. 마스크는 없어 못 팔 정도였고.

딱 그 정도로만 생각했다. 한두 달 지나면 없어지겠지. 심지어 코로나를 '하늘이 내려준 보너스'라고까지 여겼다. 무료한 일상을 향해 날아온 변화구 하나쯤으로 예상했다. 그때는 그랬다. 인간이란 동물이 대개 그렇지 않은가. 만물의 영장인 척, 잘난 척, 천재인 척 으스대지만 운명의 한 치 앞도 내다보지 못한다. 나도 그랬다.

"마스크 좀 확보했어?"

서울 성수동에서 편의점을 운영하고 있어 내가 '김성수'라고 부르는 점주에게 전화가 왔다. 동갑내기 친구이자, 편의점 오픈 초기부터 멘토가 되어주고 있는 다정한 조력자 김성수.

"그럭저럭. 그쪽은?"

"이빠이 당기긴 했는데, 이거 악성 재고 될지도 몰라."

"그러게 말이야. 지나가다 말 것 같아. 그래도 마스크는 썩는 물건 아니니, 손해 볼 건 없잖아?"

그때만 해도 우리는 장사꾼의 대화를 나눴다. 오히려 '지나가다 말 것'을 걱정했다. 세상의 고통 앞에 손익부터 따지다니 돌아보면 끔찍한 사고방식이지만, 앞으로 우리에게 닥칠 운명의 그래프가 어떤 방향으로 뻗어갈지 가늠조차 못 했기 때문이다. 그날 우리가 나누었던 대화가 그해 마지막 통화가 될 것이란 사실마저 눈치채지 못했다.

예상했던 대로, 뉴스를 본 손님들이 편의점을 찾기 시작했다.

그때만 해도 마스크가 있었다. 손님이 세 개를 사든 열 개를 사든, 달라는 대로 다 줬다. 나로서는 기쁜 일이었다. 마스크가 악성 재고로 쌓일 일은 없겠구나. 마스크 발주 수량을 크게 늘린 나 자신을 대견하게 여겼다. 내가 쓸 마스크조차 생각지 않고 마구 팔았다.

그때만 해도 마스크는 '의무'가 아니었다. 아니, 마스크를 법적으로 반드시 착용해야 하는 그런 세상에 대해, 살아오며 한 번도 생각해본 적 없었다. 앞으로 그런 일이 발생할 것이라는 상상조차 해보지 못했다.

마스크가 다 팔렸다. 만세를 불렀다.

"마스크 있나요?"

"없습니다. 죄송합니다."

하루에도 수십 번, 똑같은 질문과 대답이 반복됐다. TV를 보니 '마스크 품절'이라고 입구에 써 붙인 편의점과 약국 모습이 뉴스 화면으로 흘러나왔다. 나도 저렇게 할까 하다가 왠지 싸늘해 보여, 그리고 생각나는 경험이 있어 손에 쥔 매직펜을 내려놓았다.

"편의점에는 특정한 상품이 없더라도 품절이라고 입구에 써

붙여서는 안 돼. 손님이 물어보고 나가는 한이 있더라도, 아무리 귀찮더라도, 그냥 감수해. 어떻게든 손님이 우리 편의점에 한번 들어왔다 나가는 경험이 중요하거든."

편의점 운영 초창기에 인기 상품이 바닥나자 '품절' 안내문을 써 붙였던 것을 보고 김성수가 이렇게 말했었다. 들어왔다 나가는 일의 익숙함, 그것이 중요한 거라고. 편의점은 원래 그런 업종이라고. 그러니 앞으로는 절대 이런 짓, 하지 말라고. 코로나 19 초기만 해도 나는 친구의 오래된 조언까지 떠올리며 장사꾼의 촉을 잃지 않고 있었다. 그때만 해도.

"아들아, 힘들지?"

마스크를 찾는 손님을 여럿 돌려보내고 멍하니 계산대에 앉아 있으려니 고향에 계신 어머니에게 전화가 왔다. 세상에 큰 사건이 있을 때마다 나는 그것이 내 장사에 도움이 될 것인지 말 것인지, 오로지 그 견지에서 머리를 굴린다. 같은 사건에도 어머니는 다른 시선으로 관심을 나눈다. 편의점을 하는 큰아들에게는 그 사건이 어떤 영향을 미칠지, 직장에 다니는 둘째와 셋째 사위에게는 좋을지 나쁠지, 부동산 중개업을 하는 막내에게는 또 어떨지, 자식들에게서 고른 평균점을 좇는다.

"아니에요, 어머니. 매출이 오히려 올랐어요."

어머니를 안심시켜드리려고 일부러 지어낸 말이 아니라 그때만 해도 진짜 그랬다. 그동안 편의점을 운영하면서 그렇게 많은 마스크를 한꺼번에 팔아본 시절이 없었고 (그 기록이 깨지는 날이 영원히 다시 오지 않기를!) 손 세정제, 구강 세정제, 소독제, 물 티슈는 물론 비누, 칫솔, 치약까지 덩달아 팔렸다. 예상했던 대로 간편식과 담배, 음료 매출도 크게 늘었다. 모든 것이 '예상'의 범위 안에 있었다. '겪어본 일'의 반경 안에 들어 있었다. 그때까지는.

"마스크 있어요?" "없습니다." 이런 반복만 빼고는 평화로운 날이었다. 이런 날이 영원히 지속되길 바랐다. 다만 그때까지는.

그즈음 나는 신문에 이런 내용의 칼럼을 썼다.

"비록 장사치이긴 하지만 흥겹지 않은 품절이 있고, 반갑지 않은 매출이 있다. 지금 품절, 지금 매출이 그렇다. 마스크 같은 건 안 팔려도 좋으니 빨리 끝났으면 좋겠다. 매출이 조금 줄어도 좋으니 모든 것이 예전처럼 정상으로 돌아왔으면 좋겠다. (…) 그간 장사하며 깨달은 교훈이 하나 있다면 나의 웃음은 누군가의 한숨이 될 수도 있다는 사실. 노력으로 거둔 성과는 물론 대견하지만, 손쉽게 얻은 이익에 혹시 다른 이의 눈물이 섞여 있지는 않을까 항시 조심하며 되돌아본다. 지금이 그러한 때 아닐까? 나보다 '주위'를 둘러볼 때, 평소에는 싸웠더라도 이럴 때만큼은 협력할 때, 믿고 응원하며 따라줄 때, 각자의 자리에서 책임을 다하며 기다려줄 때. 그때가 바로 오늘 아닐까."

시간이 지나 다시 읽어보니 위선이고 오만이다. 그때만 해도 나는 '잘되는' 위치에 있었다. 수혜자였다. 그러니 이런 말을 할 수 있지 않았을까.

그때만 해도 나는 이것을 너울이라 여겼다. "다 지나간다" 하면서 짐짓 점잖은 척할 수도 있는, 그런 일 정도로 여겼다.

너울이 아니었다. 해일이었다. 지진이었다. 끝도 알 수 없는 터널이었다. 한 번도 겪어보지 못한 일상이 고속도로처럼 쫙 펼쳐지기 시작했다. 겪어본 일의 한계를 한참 벗어난 풍경이 날마다 심화하며 반복되는, 지독한 세상의 입구에 그때 막 서 있었던 것이다. 그렇다, 그것은 '입구'일 따름이었다.

난중의 한복판에 지금 이 글을 쓴다. 1년이 훌쩍 지난 오늘까지 코로나19는 계속되고 있다. 이젠 아무것도 모르겠다. 여기가 한복판인지, 귀퉁이인지, 끝자락인지, 아니 한복판엔 아직 들어가지도 않은 건지. 혹시 더 모질고 독한 무엇이 암흑의 장막 뒤편에 웅크리고 있는 것은 아닌지. 이젠 정말 모르겠다. 아무것도 모르겠다.

운명의 위치를 함부로 가늠하지 않기로 했다. 더 이상 잘난 척, 아는 척, 겪어본 척하지 않기로 했다. 어떤 일도 무료하다 투정하지 않기로 했다.

이런 것이 인간인가 보다. 사랑한다더니, 신은 어린 양을 이렇게 다룬다.

지옥을 겪어봐야 지옥을 안다

──────── 코로나 일기, 두 번째

확진자가 늘었다. 빠르게, '확진자'라는 용어가 귀에 익기 시작했다. 살아오며 '양성 반응자'라는 용어는 들어봤어도 확진자라는 말은 처음 듣는 느낌이었다. 그런데 그 뒤로 확진자, 이 세 글자를 하루에도 수십 번씩 입에 담게 될 줄이야. 아침에 일어나면 '확진자'부터 검색하게 될 줄이야. 그땐 미처 몰랐다.

거리에 사람들이 확 줄어든 게 느껴졌다. 코로나19 초기만 해도 마스크와 먹거리가 조금 팔리는가 싶더니, 인적이 뜸해지며 판매 자체가 멈췄다. 공습경보 사이렌이 울려 모두 똑같이 동작을 멈춘 풍경이랄까. 편의점 운영 9년 만에 그런 일은 처음이었다. 마스크는 품절되고 다시 들어오지 않았다. 전국 편의점 어디에도 마스크는 찾아볼 수 없었다. 급기야 정부에서 마스크 배급제를 실시했다. 마스크를 구하려고 약국 앞에 길게 행렬이 늘어선, 예전에는 미처 상상도 못 한 광경이 현실로 나타났다. 이게 뭔 일이람.

우리 편의점 건물 곳곳에는 마스크를 착용하라는 공고문이 붙기 시작했다. 마스크를 쓰지 않으면 엘리베이터를 타지 못하게 했고, 나중에는 건물 출입도 통제됐다. 이건 또 뭔 일이람. 한 번도 겪어보지 못한 일이었다. 마스크를 파는 편의점 주인장이 정작 자기가 쓸 마스크가 없어 (하나도 남김없이 다 팔아버렸으니!) 편의점 근처 약국 앞에 손님들과 함께 줄을 섰다. 약사님이 눈을 동그랗게 뜨고 나를 봤다. "아니 이게 뭔 일이랍니까."

사람들의 동선을 최소화하기 위해 건물 출입구 몇 개가 폐쇄되었고, 출입구 앞에는 체온 측정기가 설치됐다. 출입자 명부를 작성하기 시작했다. 국가 1급 경호 시설도 아니고, 이건 또 뭐람.

"저쪽 출입구로 편의점에 오는 사람들이 얼마나 많은데, 저기를 막아버리면 나는 어떡하라고 그럽니까."

건물 보안팀에 따졌지만 소용없었다. 이것이 얼마나 배부른 투정인지, 나중에 뼈아프게 깨닫게 되었다.

구내식당 테이블이 절반으로 줄었다. 아니, 절반의 절반으로 줄었다. 네 명 앉던 테이블에 한 명만 앉도록 했다. 서로 마주 앉지도 못하게 했다. 투명 칸막이가 설치됐고, 테이블마다 '식사 중에는 대화하지 않기'라는 스티커까지 붙었다. 벽에 벽을 쌓는 모습이었다.

꼭 저렇게까지 해야 하나? 입을 삐죽였다. 떠들썩하던 점심시간이 폭격 맞은 듯 조용해졌다. 영화를 상영하는 극장도 이만큼 고요하지는 않으리라. 이건 식당이 아니라 도서관 같잖아? 사람들의 빠른 적응력과 엄숙함에 놀랐다. 구내식당 바로 옆에 있는 우리 편의점으로서는 이런 갑작스런 변화가 엄청난 타격이 아닐 수 없었다.

예전에 식사를 마치면 손님들은 우리 편의점 앞에 모여 가위바위보를 했다. 후식으로 아이스크림은 누가 살지, 음료는 또 누가 살지, 그렇게 '오늘의 희생양'을 골랐다. 때로는 사다리를 타기도 했다. 당첨된 사람, 비켜 간 사람, 와자지껄 떠들썩했다. 내 눈에는 그토록 아름답게 보이던 풍경이 삽시간에 사라졌다.

그날 이후 우리 건물에는 '흥겨움'과 '떠들썩'이란 단어가 지워졌다. 마치 즐거움을 표출해서는 안 되는 새로운 시대가 선포된 것 같았다. 어떤 단어는 그렇게 제명되었고, 다른 단어가 그 자리를 채우며 등장했다. 확진자, 격리, 사회적 거리두기, 언택트, 방역 수칙…. 예전에는 들어본 적 없고, 거의 안 쓰던 용어들.

"굳이 이렇게까지 할 필요 있나요? 테이블을 절반으로 줄인다고 해서 공기 중에 날아다니는 바이러스가 사라지는 것도 아닐 텐데 너무 지나치지 않나요?"

구내식당이 '코로나 장성'을 쌓은 것에 대해, 식당 책임자가 편의점에 들렀을 때 푸념하듯 따졌다. 그분은 말없이 웃기만 했다. 그들이 얼마나 신속하고 현명한 판단을 했던 것인지, 그것도 나중에야 알게 되었다. 시간이 흘러 차츰 고마움을 느꼈다.

편의점 매출은 곤두박질쳤다.

편의점 매출은 기본적으로 평상을 유지한다. 계절에 따른 등락은 있지만 매출 그래프가 한번 만들어지면 진폭을 크게 벗어나지 않는다. 바로 옆에 경쟁 브랜드 편의점이 들어선다든지, 가게 앞을 직선으로 지나던 도로가 곡선으로 진로를 바꾼다든지, 편의점 근처에 있는 주택과 상가가 일제히 사라진다든지, 그런 경우를 제외하고는 (설마 그런 일이 있겠는가?) 편의점 매출이 갑자기 뚝 떨어질 일이란 없다. 편의점은 모든 일이 '평균'의 품 안에 들어 있어 하루하루가 좀 따분하다 느껴질 정도다.

그런 편의점 매출이 '수직 낙하'하는 사상 초유의 사태가 발생했다. 그동안 심심했지? 이제 좀 놀아볼까? 신은 짓궂은 장난을, 그것도 아주 심하게 짓궂은 장난으로 도발하기 시작했다.

그러고 보니 편의점 9년 동안 나는 '하락'이란 단어를 경험해본 적이 없다. 처음 편의점을 열었을 때는 건물에 입주한 업체도 적었고, 편의점 운영도 처음이었고, 여러모로 힘들었다. 그래도 편의점을 운영하기 전에 워낙 힘든 일을 많이 겪었으니 '이 정도쯤이야' 하면서 버텼다. 어쨌든 쉽지 않은 시작이었지만 한 해 한 해 살림은 나아졌고, 3년 정도 그러다 보니 편의점을 여러 개 운영할 수 있겠다는 자신감도 생겼다. 편의점 세 곳을 동시에 운영해보기도 했다. 매출은 계속 올랐다. 그때마다 나는 모든 것을 행운이라 여겼고 하늘에 감사해야 한다고 생각했…는데, 말은 그렇게 했는데…, 그러면서도 마음 한편으로는 스스로 으쓱하는 감정 또한 있었던 것이 사실이다. 신은 그런 것까지 다 꿰뚫고 있었나 보다.

이런 기회에 자세히 소개하자면, 우리 편의점은 원래 지금의

자리가 아니었다. 현재 우리 편의점은 구내식당 퇴식구 바로 옆에 있다. 그래서 사람들은 어떻게 이런 명당 자리를 구했느냐며 놀란다. 사실 우리 편의점은 건물 1층에 있을 뻔했다. 처음엔 그곳에 임대 계약을 맺었다. 그런데 같은 건물 지하에 임차한 다른 상점 관계자가 업종 특성상 이런저런 이점을 설명하며 자리를 맞바꾸자고 제안하여 바꾼 것이다. 건물 1층에서 지하로 스스로 내려왔다. (지하라도 '1층 같은 지하'이긴 하다. 햇볕이 잘 들어오고, 바깥 풍경이 훤히 보인다.)

　"그래도 지하보다 1층이 낫지 않나요?" 이렇게 말할 사람이 태반일 것이다. 그때도 그랬다. 어리석다, 한심하다, 감언이설에 넘어갔다, 별의별 소리를 다 들었다. 나도 확신이 서지 않았다. 역시 1층이 낫지 않을까, 과연 옳은 선택일까, 하루에도 수십 번은 갈등했던 것 같다. 어쨌든 그렇게 자리를 맞바꾸고 나서, 결정에 대해 나중에 책임을 묻지 않기로 각서까지 썼다. 모두들 바보짓이라고 했다. 지금은? 다들 '신의 한 수'라고 칭찬한다. "대단한 감각"이라고 추켜세우기까지 한다. 어깨가 으쓱하다. 그런데 내가 무슨 감각이 있어 그랬던 것은 결코 아니다. 그냥 '찍은' 것에 불과하다. 1번일까 2번일까 답안지를 제출하기 직전까지 고민하다 급히 고른 것이 정답이 된 꼴이다. 멋쩍었지만, 어쨌든 으쓱했다.

코로나19는 모든 것을 뒤흔들어놓았다. 그동안의 가치, 판단, 질서, 상식을 전복했다. 매출이 급감했다. 그것은 완만한 내리막 수준이 아니었다. 완벽한 몰락이었다. 흡연실이 폐쇄되고 구내식당 이용자가 줄어드니 매출의 3분의 1이 빠져나갔다. 재택근무가 시작되니 거기서 또 3분의 1이 빠져나갔다. 집합 금지가 시작되니 매출은 더 줄었다. 날개 없는 추락이란 바로 이런 것이로구나 싶었다.

편의점 본사에서 제공하는 매출 통계 프로그램을 열면 전년 대비 올해(오늘) 매출 실적이 첫 화면에 등장하는데, 우리 편의점은 항상 110퍼센트, 130퍼센트 사이였다. 그 막대그래프가 올라갔으면 올라갔지 내려간 적이 한 번도 없다. 프로그램을 열 때마다 나는 늘 뿌듯하고 자랑스러웠다. 그런 실적이 하루아침에 56퍼센트, 48퍼센트로 툭 꺾였다. 때론 36퍼센트까지 떨어졌다. 은유법이 아니라, 정말 이건 말 그대로 반토막. (나중엔 '0퍼센트 매출'마저 겪게 된단 사실을 그때는 미처 몰랐다.) 머리가 윙-어지러웠다.

장사를 해본 사람은 안다. 장사가 잘될 때는 하루에도 수십 번 매출 현황을 확인한다. 시시각각 매출 프로그램에 접속해, 손님이 들어오고 나갈 때마다 '실시간 매출 현황'을 열어보면서, 지금 얼마쯤 벌었는지 확인한다. 아침에 번 돈으로는 우리 아들 학원비 내야지, 점심시간에 번 돈으로는 딸내미 사달라던 이어폰 사줘야지 하면서 흐뭇해한다. 씨암탉 품에 안고 집에 돌아가는 농부의 마음이다.

장사가 안될 때는, 매출 현황을 확인하는 일 자체가 고역이다. 퇴짜 맞을 것이 뻔한 사업 제안을 꾸역꾸역하는 기분, 불합격이 뻔한 시험 결과를 굳이 확인하는 그런 기분이다. 팔다리에 힘이 빠지고, 괜히 눈물이 날 것 같고, 가게에 서 있는 일조차 힘들게 느껴진다. 시간마다 악몽이다. 그때 내가 그랬다. 아니, 지금도 그렇다. 일일 매출액을 확인하지 않은 지 벌써 1년쯤 되었나? 그저 모든 일을 '당신 뜻대로 하세요' 하면서 기다리는 중이다.

매출이 급락한 이후로, 1층 휴대폰 가게 앞을 지나갈 때마다 이상하게 화가 났다. 원래 저 자리가 내 자리였는데…. 1층에 있어 외부 손님까지 유입되는 편의점이었으면 지금 이런 일은 겪지 않고 있을 텐데….

이상하게 분하고 억울했다. 뭔가 뺏긴 기분이었다. 내 형편이 좋을 때는 의식조차 않다가, 뒤늦게 억울하고 화가 났다. 그리고 새로운 것이 보였다.

예전에는 임대료를 낼 수 없을 정도로 장사가 안된다는 편의점 점주들의 사연을 들을 때마다 의아하게 생각했다. '도대체 얼마나 장사가 안되길래 그러지?' 어떤 점주가 알바생 인건비마저 주지 못해 쩔쩔맨다는 소식을 들었을 때도 그랬다. '점주가 더 열심히 일하면 되는 거잖아.' 지금 내가 그런 상황을 겪는 중이다. 사람이란 존재는 지옥을 경험해봐야 지옥을 안다.

어느 날 나는 지옥문 앞에 서 있었다. 천국행 티켓 바로 뒷면에 다른 세상이 존재한단 사실을 모르고 있었다.

네 전화에 내 심장이 쿵쾅거려

———— 코로나 일기, 세 번째

　　　　　　"올 것이 왔다…."

　그날 오전, 전화가 왔을 때, 정욱이가 처음 했던 말을 잊지 않는다. 날짜와 시간까지 정확히 기억한다. 아무리 내가 숫자에 약하다지만 어찌 잊을 수 있을까. 2020년 7월 2일. 신문사에 보낼 원고를 마무리하느라 손가락과 마음이 바쁜 상황이었다. 원고 끝내고 편의점에 나가봐야겠다 생각할 무렵이었다. 오전 11시.

　'올 것이 왔다'니, 이건 대체 무슨 말인가. 순간 나는 엉뚱하게도 컴퓨터 게임 스타크래프트2가 떠올랐다. 그 게임 오프닝 영상이 이런 독백으로 시작한다. "드디어, 올 것이 왔군Hell, It's about

time." 이러니 내가 게임 마니아라도 되는 것 같지만, 참 엉뚱하게
도 그랬다.

정욱이가 말했다. "문자 한번 확인해봐." 원고를 쓸 때는 모바
일 메신저를 잘 확인하지 않는지라 그때야 휴대폰 잠금 화면을
풀었다.

"건물 11층에서 코로나19 확진자 발생. 동선 확인 중이니 전
직원 귀가 조치 요망."

우리 건물 관리 사무소에서 보낸 문자였다.

그래, 올 것이 왔구나.

사실 특별할 것도 없었다. 어쩌면 늦게 온 것이다. 국내에 첫
코로나19 확진자가 발생한 날이 1월 20일. 그로부터 거의 반년
쯤 지난 시점이었다. 우리 편의점 건물에 상주하는 인원만 1만
명. 오가는 인구를 합하면 하루 2만 명쯤 될 것이다. 대한민국
인구가 5천만 명이고, 그즈음 코로나19 누적 확진자는 1만 3천
명가량이었으니, 확률로 따지자면 그동안 우리 건물에 확진자
가 한 명도 발생하지 않았다는 사실이 오히려 대단하고 신기한
일이었다. 그것이 소중한 일상인지도 모르고 하루하루 투덜거
리며 살고 있었다. 새로운 헬hell을 맞이하는 첫날이었다.

화재 경보가 울려 뛰어나가는 모양으로 건물에 근무하는 사람들이 우르르 건물을 빠져나가고 있다고 정욱이는 상황을 전했다. 어쩌겠나. 우리 편의점 직원들도 얼른 퇴근하라고 했다. 혹시 모르니 이것저것 손대지 말고, 마스크 꼭 쓰고, 위생 장갑도 끼고, 최소한의 조치만 취하고 빨리 빠져나가라고 지시했다. 이러니 내가 무슨 긴급 재난 대책 본부장이라도 된 것 같은 묘한 기분이었다.

간절히 그것만 바랐다. 우리 편의점에 확진자가 들르지 않았기를!

태풍이 지나가는 경로에 온 국민이 촉각을 곤두세우는 것처럼, 그때는 온 국민이 '확진자 동선'에 신경을 곤두세우던 시절이었다. 하루 종일 휴대폰 문자로 '확진자 동선'이 전파되었고, 사람들은 시시각각 그것을 확인하면서 '가도 되는 곳'과 '가지 말아야 할 곳'을 결정했다. 우리 편의점이 '동선'으로 찍히면 끝장난다! 내 머리속엔 오직 그 생각 하나밖에 없었다.

우리 편의점 직원이 그랬다. 동네에 유명한 맛집이 있는데 확진자 동선으로 확인되자 그날부터 손님이 끊겼다는 것이다. 소독하고 방역하고 며칠이 지났는데도 영영 손님이 없더라는 것이다. 그 식당뿐 아니라 골목 전체가 "어두운 상점들의 거리"처

럼 되어버렸다는데, 그래서 그 식당을 인근 상인들이 곱지 않은 시선으로 바라본다고 했다. 왜? 식당 주인이 무슨 잘못을 했길래? 이성이 질식하고, '동선'이란 주홍글씨가 자영업자들을 벌벌 떨게 만들던 시절이었다. 사실은 이런 이야기를 전하는 직원에게 나조차도 "너 그 동네 살아?" 하면서 피하는 척했던, 지독한 농담을 주고받던 시절이었다.

하루 정도 문을 닫는 건 괜찮다. 아니 며칠이라도 참을 수 있어. 제발, 제발, 동선만 아니어다오!

"일단 도시락이랑 삼각김밥, 우유 같은 것, 다 폐기하고 빠져나와. 그리고 우리 집으로 와." 정욱이에게 말했다.

그렇게 전화를 끊고는 아차 싶었다. 대책을 논하기 위해 우리 집으로 오라고 했던 것인데, 우리 편의점이 '동선'에 들어가 정욱이가 코로나19에 옮기라도 했으면 어떡하지? 좀 이기적인 생각이긴 하지만, 우습기도 하지만, 그때는 누구든 그런 걱정을 하지 않을 수 없었다. 집으로 누구를 초대하거나 방문하는 일 자체가 꺼려졌다. 게다가 당시 우리 집엔 태어난 지 백일도 지나지 않은 늦둥이 아들 녀석이 새근새근 잠자고 있었다.

"여기 오지 마, 그냥 돌아가" 하려다가 하늘에 운명을 맡겼다.

건물에 첫 확진자가 발생했을 때, 우리 편의점은 나흘간 영업을 중단했다. 사건 발생 당일(목요일) 문을 닫았고, 그다음 날에도 확진자 동선이 완전히 파악되지 않는다는 이유로 영업을 할 수 없었고, 일요일은 원래 쉬는 날이라서, 중간에 긴 토요일까지 닫기로 했다. 그러는 동안 동선만 아니길, 동선만 아니길, 바라고 또 바랐다.

정욱이가 가져온 도시락, 김밥, 샌드위치, 햄버거, 우유, 요구르트, 빵은 큼직한 상자로 두 개 가득이었다. 판매 가격으로 따지면 30만 원이 넘는 액수. 긴 한숨이 나왔다. 이 손해는 대체 어디서 보상을 받아야 하나. 팔지 못하고 폐기하며 발생한 원가 손실, 그러면서 손님을 잃게 된 기회 손실, 가게가 문을 닫았는데도 정규직 직원에게는 월급이 나가야 하는 고정비용 손실, 임대료와 관리비 손실, 또 전반적인 매출의 손실. 손실은 겹겹이었다. 보상은 난망難望이었다. 내 눈 앞으로는 손익계산서 ― 익益은 없고 손損만 가득한 계산서가 흑백 슬라이드 화면처럼 빠르게 흘러갔다. 이 일을 어쩐담. 어디에 묻고 어디에 따진담.

그 후로 우리 편의점이 위치한 건물에는 확진자가 또 한 명, 또 한 명, 또 한 명… 숫자를 세다 포기했다. 그럴 때마다 건물이 폐쇄됐다. 신기하게도 내가 가게에 없을 때마다 그런 소식이 전해졌다.

전화벨이 울린다.

"왔다."

정욱이는 확진자가 발생했단 소식을 꼭 '왔다'고 표현했다. 그 말은 내게 저승사자의 전언과도 같았다. 자, 내가 왔다. 때가 되었구나. 어서 일어나거라. 여기 명부에 네 이름이 있구나. 함께 가자.

그래서 하루는 정욱이에게 엉뚱하게 화를 냈다. "너, 나한테 전화하지 마! 네 번호가 뜨면 심장이 쿵쾅거리고 눈앞이 노래진단 말이야. 앞으로 그런 소식 전할 때는 그냥 문자로 보내거나 그래!"

농담 같은 일상. 이런 것이 농담이라면 지독한 농담, 기막힌 일상. 오늘도 그 일상은 계속되고 있다.

정욱이는 계속 나에게 전화로 소식을 전한다.

"왔다."

끼끗한 것들이 시들어간다

정욱이는 내게 동업자이자 직원이고 친구다. 정욱이는 중국에서 오랫동안 사업을 하다 철수하고 한국에 들어와 있었는데, "다른 일 찾기 전에 한국 적응 기간을 잠깐 거쳐 보는 건 어때?" 하고 내가 꼬드겼던 것이 오늘에 이르렀다. '잠깐'이 8년이 되었다. 친구 따라 강남이 아니라, 친구 따라 편의점. 웬만한 점주보다 긴 시간을 편의점에서 보낸다. 그런 정욱이를 볼 때마다 미안하고 애틋하고 고맙고, 말로 다 표현할 수 없는 감정이 겹친다. 그래서 남들이 "직원입니까?" 하고 물으면 아니라고 놀라 손사래를 치는데, 그렇다고 딱히 동업자라고 말할 수도 없는, 객관적으로 따지자면 애매한 관계다. 애틋하면서, 애매한.

급여로 보면 월급제로 관계를 맺는다. 매출이 뻔한 편의점에서 임금을 한없이 인상해주기는 어렵기 때문에 급여는 2년째 동결 중이다.

편의점이라는 업종이 그렇다. 성과에 따른 임금을 지급하기 애매한 업종이다. 점포가 자리를 잡고 안정화되면, 물레처럼 순환하기만 할 뿐, 누군가의 노력이 더해져 매출이 오르내릴 가능성이 별로 없다. '사람'이 차지하는 몫이 적달까. 그런 측면에서 좀 씁쓸한 업종이기도 하다.

알바생을 비롯한 인건비 총액을 점장에게 지급하는 편의점도 있다. 모든 인건비를 점장에게 몰아주고 알아서 운용하라는 식이다. 나는 별로 선호하지 않는 방식이다. 그런 식으로 하면 점장은 자기 몫을 늘리기 위해 부단히 노력하게 된다. 최대한 홀로 버티려 애쓰고, 알바생을 쥐어짜며 혹독히 다룬다. 물론 정욱이 사람됨에 그럴 리는 없겠지만, 어쨌든 '총액제'는 친구에게 적용하기에는 지나치게 가혹하고 몰인정한 방법이다. 친구가 아니라 누구에게도.

그래서 웬만한 편의점 점주보다 능력과 경험도 충분하겠다,

언제까지 나와 함께할 수는 없는 일이니, 정욱이가 우리 편의점에서 '독립'하는 방향으로 합의가 이루어졌다. 정욱이가 한국에 들어올 때는 편의점을 하려던 것이 아니었는데, 운명의 수레바퀴가 그렇게 굴러가버렸다. 정욱이가 운영할 편의점 자리를 찾으러 함께 돌아다녔다. 그런데 그즈음, 최저임금이 급격히 올랐다. 프랜차이즈 편의점 과당경쟁이 사회 이슈로 떠오르면서 신규 점포 창업이 어려워졌다. 우리의 웅장한 독립 계획도 잠정 보류되었다. 게다가 그즈음, 내가 출판사에 우연히 보낸 원고가 책으로 출간되며 난데없이 작가라는 타이틀을 얻게 되었다. 외부 활동이 잦아지며 정욱이가 우리 편의점에서 차지하는 책임과 역할 또한 커졌다. 그러다 코로나19까지 만났다. 사람의 운명은 왜 이렇게 꼬이고 꼬이고 꼬이는 것일까. 엎친 데 덮치고 또 덮친 격. 연기되고 보류된 우리 일상의 많은 것들과 함께 정욱이의 '편의점 독립'도 기약할 수 없는 훗날이 되어버렸다.

문제는 코로나19. 매출이 급감했다. 한 번도 겪어보지 못한 상황에 직면했다. 이럴 때 편의점이 선택할 수 있는 방법은 의외로 쉽고 간단하다. 위기 탈출의 방법이 명확하다는 점. 그것이 편의점이라는 업종이 지닌 또 다른 강점이자 단점이다. 매출을 늘릴 수 없으니 '지출'을 줄이면 된다. 답은 분명하다. 허리띠를 졸라매야 한다. 임대료와 인건비를 줄이면 된다.

먼저 임대료.

우리 편의점이 입주한 건물 측에서 코로나19 상황이 진정될 때까지 임대료를 20퍼센트 삭감해주기로 했다. 그리 쉽지 않은 결정이었을 텐데, 고마움을 느꼈다.

다음 인건비.

어찌 감히 정욱이 급여를 줄인단 말인가. 방법은 오직 하나. 시간제 알바들을 나가라고 하는 수밖에. 그 시간에 내가 편의점에서 일하면 된다. 그러면 모든 일이 간단하게(?) 해결된다. 가슴 아프지만 과거에 그런 식으로 정욱이랑 나랑 둘만 일했던 경험이 이미 있다. 그때 나는 하루 열다섯 시간 정도 일했다. 내 가게에서 내가 일하는 것이니 노동법 위반도 아니다. (자영업자에게 자신의 최저임금이 어디 있으며 법정 근로시간은 또 어디 있겠는가.) 몸은 좀 고달프지만, 내가 취할 수 있는 방법은 오직 그것뿐. 그렇게 하면 당장 급한 불은 끌 수 있다.

생각하고 또 생각했다. 어쨌든 오늘과 같은 상황에서는 냉정해져야 한다. 인정사정 볼 것 없다. 가게가 살아남는 것이 우선! 해고될 당사자들에게는 미안하지만 어쩔 수 없다.

솔직히 이런 해결책을 진지하게 검토하기도 했다. 코로나19로 손님이 급감해 예전보다 훨씬 한가해진 편의점에서 여유롭게 일하(고 있는 것처럼 보이)는 직원들을 볼 때마다 오만 가지 감정이 스쳤다. 그분들도 슬슬 내 눈치를 보는 것 같았다. 착잡하고 망설여졌다.

그래도 내가 아무리 힘들어도 그렇지, 각자 처지를 알고 있는데 지금 이 상황에서 어떻게 그들을 해고하겠나. 고민만 계속됐다. 그러다 결국 결심했다. 내가 더 열심히 글을 쓰는 수밖에 없어. 다른 부업을 해서라도, 어떻게든 버티자. 악착같이 견디자. 코로나19, 그 녀석이 아무리 악랄하다고 해도 '언젠가'는 끝나겠지.

아… 그것도 오판이었다. 그 '언젠가'는 좀체 돌아오지 않았다. 코로나19는 상상 이상으로 질기고 거칠고 지루했다. 메르스처럼 금방 지나가겠거니 했는데 여름이 왔고, 가을쯤에는 나아지겠거니 했는데 겨울이 왔다.

겨울에는 더욱 심해졌다. 애들 학비, 주택 융자금, 창업 대출, 몸이 불편한 부모님 생활비까지, 지구가 무너진대도 변함없이 지출되는 돈이 있는데 확진자는 계속 나오고 매출은 뚝뚝 떨어졌다. 프랜차이즈 본사에서 입금되는 정산금은 매월 최악에 최악을 경신했다. 상황은 갈수록 복잡해졌다. 결국 어느 달은 오픈 1년 차보다 못한 매출이 나왔다. 지난 10년 동안 오른 임대료, 인건비가 대체 얼만데 매출은 그때보다 더 떨어진 것이다.

버티는 데도 슬슬 한계가 찾아오기 시작했다. 인건비는 고사하고 삭감된 임대료, 그것마저 납부하지 못할 상황이 되어버렸다. 이젠 어쩌지?

확진자는 나오고 또 나왔다. 가게는 문을 닫고 또 닫았다. 통증에 감각이 없어졌다. 그냥 멍했다. 모든 것이 꿈만 같았다. 지금도 안개 가득한 미로 속을 헤매는 기분이랄까.

우리 편의점이 입주한 건물은 대응이 남다르다. 코로나19 상황이 장기화되고 일상화되면서 다른 건물에서는 확진자가 나와도 한두 시간 방역하고 다시 돌아가는 식으로 느슨해졌는데, 우리 편의점 건물은 하루이틀 전체를 폐쇄하는 것이다. 게다가 재택근무자 비율은 갈수록 높아졌다. 어느 회사가 재택근무자 비율을 30퍼센트까지 늘렸다더니, 다른 회사는 절반가량 재택근무에 들어간다는 소식이 들렸다. 그럴 때마다 내 속은 부글부글 들끓었다. '재택근무'라는 용어만 들어도 짜증이 치밀었다. 직장인들은 좋겠구나. 이런 핑계로 집에서 쉬엄쉬엄 일할 수 있으니 좋겠구나. 그러고도 월급은 나오겠지? (재택근무자 여러분, 죄송합니다.) 갈수록 삐딱한 생각만 들었다. 어쩔 수 없는 인간의 이기심.

확진자가 발생해 편의점 문을 닫을 때마다 나는 정욱이 얼굴을 살폈다. 녀석의 표정이 그리 어둡지 않았다. '밝았다'는 건 아닌데 '어둡지 않았다'. 내가 겪는 아픔과 함께하고 있다는 생각이 별로 들지 않았다. 도시락, 삼각김밥, 샌드위치를 무더기로 버리면서 폐기 바코드를 찍는 순간에도, 나는 미칠 것만 같은데, 돌아버릴 것만 같은데, 녀석은 항상 무덤덤한 표정이었다. 아니, 저 녀석은 왜 저렇지? 어둡지 않지? 그가 어둡지 않은 것에, 힘들어 보이지 않는 것에, 돌연 심술이 났다. 왜 나만 힘들어야 해? 왜 나만, 나만!

"이 작가, 몹쓸 사람이로군" 하면서 탁— 책을 덮는 소리가 여기저기 들린다. "이 사람, 왜 이렇게 징징거리기만 해?" 하고 인상을 찌푸릴 독자도 계시겠다. 당시 솔직한 내 심정이 그랬다는 고백이다. 이 세상 모든 불행을 홀로 떠안은 기분이었다. 상황이 극한을 향해 치달으니 평소에는 애틋하고 소중하게 생각했던 것들도 고깝게 느껴지기 시작했다. 내면의 끼끗한 무엇이 바싹 마르기 시작했다.

또 휴업에 들어간 어느 날 아침. 삑- 삑- 삑- 가차 없이 폐기 버튼을 누르는 정욱이 표정은 마치 웃는 것처럼 보였다. 그래, 너도 오늘 '재택'근무를 하겠구나. 쉬어서 좋-겠다. 그래도 너는 월급이 나오니 좋-겠다. 나도 그렇게 살고 싶구나.

내 인성은 그렇게 개차반이 되어갔다. 문제의 원인은 코로나 19… 아니 아니, 내가 문제다. 문제는 오롯이 조악한 내 심성에 있었다.

그날 아침에도 불길한 벨 소리가 울렸다. 정욱이였다.

"왔다."

"이번엔 며칠?"

"이틀."

확진자가 나왔다. 이달에만 두 번째. 게다가 이틀이나 쉰단다. 머리가 어지러웠다. 그러면서 무덤덤했다. 전화를 끊고 잠시 후 다시 통화 버튼을 눌렀다. 아무런 감각도 없이, 무심히.

"오늘은 방역 때문에 휴업이라 치고, 사실 내일은 건물 자체는 안전한 거잖아."

처음에 정욱이는 내가 무슨 말을 하는지 몰라 조용했다. 못 박아 설명했다. "앞으로는 손님이 없더라도 영업하자. 그냥 문 열자." 정욱이는 몇 초간 말이 없다가 "그래" 한마디만 하고 전화를 끊었다.

분명 억지였다. 사실 말도 되지 않는 이야기다. 우리 편의점은 지하에 있으니 건물이 문을 닫으면 편의점도 닫아야 맞다. 손님이 있을 리 없다. 그런데 건물이 닫아도 우리 편의점은 문을 열자니, 방학 기간에 학교 매점을 열어놓는 꼴이다. 그때 내가 왜 그랬을까? 그냥 몽니를 부려보고 싶었던 것 같다. 어차피 나가는 월급, 너라도 나와서 일해! 점주의 갑질이다. 내 인성은 그렇게 개차반. 순간적으로 이성을 잃었다.

그리고 기억도 잃었다.

다음 날 오후, 이왕 이렇게 된 것, 집에서 열심히 원고나 쓰자는 생각에 앉아 있었는데, 글을 쓰다 무심코 편의점 CCTV 화면을 봤다. 평소에는 거의 보지도 않던 CCTV 화면을, 가게가 휴업한 그날 왜, 스마트폰 앱으로 열어봤던 것인지…. 아직도 모르겠다. 어떤 '이끌림' 같은 게 있었던 것 같다.

가게 안에 움직이는 물체가 보였다. 계산대에 사람이 있다! 정욱이가 홀로 편의점을 지키며 앉아 있었다. 텅 빈 편의점에 홀로.

놀라 전화했다. "너 거기서 뭐 하냐?"

정욱이가 말했다. "네가 나오라며."

"야! 그거야 그때는 내가…." 말끝을 흐릴 수밖에 없었다. 그때는 내가 왜 그랬다고 설명할 도리가 없었다. 그래서 방귀 뀐 놈이 성내는 식으로 한껏 목소리를 높였다. "빨리 문 닫고 나가! 이 곰 같은 녀석아!"

그 뒤로 몇 초간 조용하길래 정욱이가 전화를 끊은 줄 알았다. 옅은 침묵이 이어졌다. 그리고 목소리가 들렸다.

"네 맘 이해해. 힘내자."

침묵의 꼬리 끝에 정욱이는 다시 말을 이었다. "이 말밖에 할 수 없어 미안하다. 힘내."

그날, 전화기를 붙잡고 얼마나 울었는지 모른다. 나라는 인간이 그토록 한심하고 초라하게 느껴질 수 없었다.

———— 어느 날 단골손님과 이야기를 나누는데 재택근무가 얼마나 힘든 일인지 눈물 글썽이며 말씀하시더군요. 워킹맘 입장에서는 더욱 그렇겠지요. 모두가 힘든 길을 걸었습니다. 당시 제 심정을 솔직히 고백하는 문장으로 인해 상처받는 분이 없었으면 하는 마음에 살짝 '포스트잇' 남깁니다.

군고구마가 뒤집은 운명

───── 코로나 일기, 다섯 번째

　　아주 오래전, 지하 월세방 살 때, 휴가차 고향에 내려갔다 돌아와보니 집이 물바다가 되어 있었다. 기록적인 집중호우로 수도권 곳곳이 침수 피해를 겪었다더니 내가 그 당사자가 되어 있을 줄이야. 밤새 복도로 들이치는 빗물을 퍼내고 또 퍼냈다는 옆집 할머니께 감사 인사를 드렸다.

　　사실 우리 집은 별로 피해를 입지 않았다. 그릇에 물이 찼다가 조용히 빠져나간 꼴이랄까. 옆집 할머니만 고생하셨다. 우리 가족은 서러움에 떨면서 물을 퍼내지 않았고, 장판이 좀 젖긴 했는데 이래저래 말리니 괜찮아졌고, 살림살이는 대체로 멀쩡했다.

집이 좀 눅눅한 것이야 원래 그랬던 것이고. 다음 날 통장님이 찾아와 피해 여부를 확인했을 때에도 "괜찮습니다" 하고 웃었다. 통장님은 서류에 심각하게 뭔가 적고 돌아가셨다. 어딘가 사인을 하라고 해서 그랬던 것 같기도 하고.

얼마 뒤, 추석 직전이었던 것 같은데, 은행에서 통장을 확인해 보니 모르는 돈이 들어와 있었다. 정확한 액수는 기억나지 않지만 당시 NGO 활동을 하던 나로서는 '거액'이라 느껴질 만큼 적지 않은 돈이었다. 누가 송금 실수를 한 게 아닌가 싶어 창구에 물었더니 정부에서 들어온 수해 보상금이란다. 이걸 받아야 하나 말아야 하나. 순진하게 그런 걸 고민하고 궁리했다. 그리 큰 피해를 입은 것도 아닌데 보상을 받다니. 도둑질이라도 한 것 같은 기분이었다.

물론… 그러고는 결국 받았다. 명절을 앞두고 고맙게 잘 썼다. 돈 앞에 장사 있겠나.

코로나19 재난지원금을 받는다고 했을 때, 문득 그날 일이 떠올랐다. 내가 국가로부터 금전적 보상을 받는 두 번째 경험이 되겠구나 싶었다. 옛날에는 고민했는데, 이번에는 조금도 고민되지 않았다. 나는 분명 '피해자'니까. 당연히 받을 걸 받는다고 생각했다. 그렇게 재난지원금을 받았다.

받긴 받았는데, 이번엔 뭔가 이상하게 억울한 거다. 코로나19의 늪을 거치면서 자꾸 이기적이고 억울한 감정이 생긴다. 왜 저 사람도 받는 거지? 왜 저 사람도 '대상자'지? 사촌이 땅을 샀다고 하니 배가 아픈 그런 기분이랄까. 물론 우리 편의점에서 그 돈을 써주니 고맙긴 하지만…. 그래, 이렇게 '쓰라'고 모든 국민에게 재난지원금을 준 건가? 내가 받았으면 됐지… 뭘 그리 복잡하게 셈을 해. 차라리 그렇게 생각하기로 하자. 어지러운 계산들이 오갔다. 더 깊게 고민하지 않기로 했다.

문제는 다음에 발생했다. 자영업자들만 대상으로 선별 지급했던 그다음 지원금.

"받았니?"

"응. 너는?"

"나는 아직…."

가는 곳마다 그 이야기뿐이었다. 어떤 편의점은 받았고, 어떤 편의점은 받지 못했다. 그런데 그 결과가 희한했다. 분명 장사가 잘되고, 코로나19로 매출이 오히려 늘어난 편의점 점주인데 "나는 받았다"고 자랑하는가 하면, 원래 영세하긴 했지만 이 시국에 더욱 쪼들리고 있는데 지원 대상조차 되지 못한 편의점 점주도 있었다. 그 기준이 정말 희한했다. '휴게음식점' 자격을 갖고 있느냐, 갖고 있지 않느냐 하는 차이.

세상 편의점은 똑같아 보이지만 다 다르다. 상권에 따라 다르고, 같은 편의점이라도 계절에 따라 다르다. 그런 편의점을 구분하는 남모를 기준이 또 하나 있으니, 바로 휴게음식점 신고 여부. 휴게음식점 자격(?)을 갖고 있는 편의점이 있고 그렇지 않은 편의점이 있다.

'휴게음식점'이라면 커피숍이나 분식점처럼 '음식은 팔지만 술은 취식할 수 없는' 유형의 업종을 말한다. 음식과 술을 팔면 일반음식점, 술을 마시며 노래까지 부를 수 있으면 단란주점, 유흥 접객원이 있으면 유흥주점, 그런 식으로 영업 신고와 허가의 범위가 달라진다.

그런데 편의점이 왜 휴게음식점 자격을 지니고 있는 걸까? 그게 모두 치킨, 꼬치, 군고구마, 어묵 때문이다. 단순 조리 식품이긴 하지만 어쨌든 '조리'의 과정이 들어가는 이유로, 편의점도 휴게음식점 자격을 취득하도록 한다. 원두커피 머신을 갖고 있는 편의점은 자판기 영업 신고증까지 갖고 있어야 한다.

그럼 치킨, 꼬치, 군고구마, 어묵을 취급하는 편의점은 큰 편의점일까, 작은 편의점일까? 장사가 잘되는 편의점일까, 안되는 편의점일까? 치킨, 꼬치, 군고구마, 어묵을 조리하거나 진열하는 기기의 크기를 고려하면 면적이 어느 정도 되는 편의점이라야 한다. 또 안 팔리면 버려야 하는 폐기 부담도 있기 때문에 주로 장사가 잘되는 편의점이어야 한다. 고밀도 상업 지대 편의점, 도심 주택가와 학원가 편의점이 대체로 휴게음식점 자격을 갖고 있다.

이런 것이 희비(?)를 갈랐다. 정부에서 "휴게음식점 신고를 한 자영업자들에게 재난지원금을 지급한다"고 방침을 정한 것이다. 그러면서 '일반 편의점'은 대상에서 제외했다. 뭔가 거꾸로 된 느낌이었다.

물론 정부의 결정에는 나름대로 이유가 있다. 코로나19 확진자가 늘어나면서 급기야 저녁 9시 이후에 식당 영업이 금지되었고, 5인 이상 집합 금지 명령까지 내려졌다. 그것으로 숱한 외식업소들이 피해를 보았다. 그래서 '식당 점주'들을 보상하려고 휴게음식점을 코로나19 피해 지원 업종에 포함한 것인데 엉뚱하게도(?) 편의점 점주들이 가욋사람처럼 혜택을 본 것이다. 그것도 대체로 장사가 잘되는 편의점 점주들이.

나도 받았다. 우리 편의점도 휴게음식점 신고를 했기 때문이

다. 그래서 이런 이야기를 꺼내면 "받은 사람이 말 많네" 하고 흉
보는 이들도 있을 것이다. 어쨌든 나는 '받은' 사람이니까, '혜택
을 누린' 사람이니까. 뭔가 공범(?)이 된 느낌이 드는 것도 사실
이다. 지나치게 소심한 걸까.

　우리 편의점에서 몇백 미터 떨어진 곳에 있는 편의점 점주는
지원금을 받지 못했다. 거기도 오피스 상권이라 매출이 30퍼센
트가량 줄었는데, 면적이 좁아 군고구마나 어묵을 아예 취급하
지 않았고, 당연히 휴게음식점 신고도 해놓지 않았다.

　산책하러 인근 상가를 돌다가 그 편의점 점주를 만났다. 자연
스레 재난지원금 이야기가 오갔고, "뭐라고 위로의 말씀을 드려
야 할지 모르겠네요"라고 위로의 말을 건넸다. 그 점주가 씁쓸한
표정으로 답했다. "군고구마 때문에 이런 차이가 발생했네요."
내가 잘못한 것도 아닌데 괜히 미안한 마음마저 들었다.

　앞으로 무슨 일이 일어날지 모르니 이번 기회에 휴게음식점
신고를 해놔야겠다고 '일반 편의점' 점주들은 들끓었다. 실제로
등록을 새로 한 점주들도 있다고 들었다. 영업 신고 비용이라고
해봤자 교육비 2만 원. 1년에 보건소 한 번만 가면 되는 일이다.
그런 사소한 차이로 이런 '상당한' 차이가 생겨나다니….

　그런 행위에 대해 누구는 '무임승차'라고 비난했지만 나는 마

냥 복잡하기만 했다. 애초에 기준 자체가 좀 이상하지 않았나? 누군들 공짜(?)로 돈을 준다면 싫어하겠는가. 더구나 지금처럼 절박한 상황에. 가게를 향해 터벅터벅 걸으며 오만 가지 생각을 다 했다. 군고구마 몇 개를 우걱우걱 삼킨 듯 답답함이 몰려왔다.

여기저기 난리였다. 편의점 근처 먹자골목 상권에도 희비가 엇갈렸다. 노래방을 운영하는 혜란 누님은 "숨만 쉬고 있어도 나가는 돈이 있는데 이게 무슨 날벼락이냐" 하면서 긴 한숨뿐이었고(노래방에는 아예 집합 금지 명령이 내려졌다), 국밥집을 운영하는 형철이네 사정도 비슷했다. 밤 장사가 중요한 업종인데 9시가 되면 문을 닫아야 한다니 모르긴 해도 매출이 반의반 토막은 난 것 같았다. 카페를 하는 정호 형님께는 송구해 찾아가지도 못할 정도였고, 헬스클럽 운영하는 정 관장네 사정도 그랬다.

그런 가운데 누구는 받고 누구는 못 받았다는 소문이 들렸다. 누구는 여러 점포를 운영하는데 정부 정책상 1인 1점포만 보상받는 것에 분통을 터트렸다. 또 누구는 배달 때문에 매출이 오히려 올랐는데, 그런 사람이 지원금을 받았다고 쑥덕거렸다. 하여간 이런 시국에 '정확한 기준'이라는 것이 나오기는 어렵겠지.

이런저런 불만들이 많겠지. 누군가는 무임승차도 했겠지. 그런데 지금 이 시국에 그런 걸 어떻게 하나하나 다 따지고 가겠나.

집에 돌아와 TV를 켜니 어느 방울토마토 농장 주인이 피해를 호소하는 내용의 뉴스 보도가 나오고 있었다. 코로나19로 학교 급식이 줄어들어 납품처 90퍼센트가 사라져버렸다는 하소연이었다. 그런데 농민은 피해 보상 대상자에서 항상 제외되고 있다나. 세상에 모두를 만족시키는 정책이 어디 있을까. 그래도 가급적 '최대'를 지향하는 세상이어야 할 텐데. TV에 나오는 저 사람은 과연 어디서 보상받을 수 있을까. 그리고 그 보상은 '어디'서 나오는 것일까.

생각할수록 복잡했다. '받은' 내가 껄끄러웠다. 왠지 죄스러웠고, 자꾸 목에 뭔가 걸린 듯했다. 그렇게 우리는 기나긴 어둠의 골짜기를 힘겹게 지나가고 있었다. 받은 자든, 받지 못한 자든. 모든 것이 카오스의 소용돌이 안에 있었다.

국밥집 될 뻔한 편의점

———— 코로나 일기, 여섯 번째

　　　　　"그게 그렇게 쉬운 일은 아닐 텐데…."

　어떤 주제든 아버지와 나는 한 시간 넘게 대화를 해본 적 없는 것 같은데 (아니, '30분 이상'도 없는 것 같다) 앉았다 하면 두세 시간은 훌쩍 수다를 떨게 되는 어르신이 계신다. 내가 '인생의 멘토'라 부르는 분으로, 연세도 울 아버지와 비슷하시다. 내가 아버지를 모시고 같이 살겠다는 포부를 밝혔을 때, 멘토님께서 그렇게 걱정하셨다. 그게 그리 쉬운 일이 아닐 텐데 말이지….

　어떤 걱정인 줄 대충 알지만 나는 다르다고 생각했다. 아버지 랑 같이 살 수 있다고 자신했다. '어디 두고 보시지요'라는 듯,

멘토님께 회심의 미소까지 지어 보였다.

결론부터 말하자면, 멘토님은 역시 현명하시다. 인생의 연륜이란 과연 무시하지 못한다. 아버지와 보름을 넘기 힘들었다. 내가 그토록 어리석은 미물이다. 편의점을 창업하겠다는 사람들을 만날 때마다 "나는 다른 이들과 다르다는 생각부터 버리세요"라며, "당신도 다른 사람들과 똑같다니까요!" 하고 모질게 말하기까지 했는데, 정작 내 인생의 문제에 있어서는 '나는 다르다'고 생각했던 것이다. 나도 똑같았다. 그저 똑-같은 인간이었다.

아버지는 그렇게 오셨다. 조그만 트럭 뒤에 낮게 실린 짐이 세간의 전부였다. 홀로 살아온 퀴퀴한 흔적이 고스란히 남아 있었다. 그래도 역시 우리 아버지는 아버지인지라 옷과 구두는 나름대로 중고 명품이었고 잡동사니 전자 기기가 가득했다. 아버지는 조용히 아파트 방 하나를 차지하고 들어오셨다. 벌써 골방 노인이 되시기엔 조금 이른 연세긴 했다. 아직 칠십도 넘지 않았으니.

평생 식당을 (주로) 운영하신 아버지는 육십이 되자 스스로 정년을 선언하셨다. 그러곤 놀았다. 처음엔 이리저리 자유를 만끽하시는 것 같더니, 쥐꼬리만 한 노후 자금마저 금세 까먹은 것 같았고, 약간 옹색해지는 느낌이었다. 그래도 역시 우리 아버지는 아버지인지라 허세는 조금도 꺾이지 않았고 그리스인 조르바처럼 사셨다. 조르바가 말하지 않았던가. 버찌를 먹고 싶어 밤낮 버찌 생각이 날 때는 어떻게 하라고? 버찌를 배가 터지도록 먹으면 된다고. 실컷 먹어버리라고. 그래야 버찌로부터 '구원'받을 수 있다고. 조르바 선생의 그런 희한한 철학을 우리 아버지는 평생 신념처럼 간직하고 사셨다. 그런 분을 방 안에, 그것도 26층 아파트 한구석에 가둬두었으니 얼마나 답답했을까.

오늘은 친구 집에 있을게, 오늘은 농막에 있을게, 그렇게 하루 이틀 슬금슬금 '외박'을 하시더니, 아버지는 야금야금 짐을 빼가기 시작했고, 시나브로 그 방은 다시 빈방이 되었다. 이럴 거면 왜 같이 살자고 하셨나.

사실은 내가 먼저 같이 살자고 제안했었다. 어쨌든 아버지는 내가 거둬야(?) 할 의무가 있다고 생각했다. 더 늦기 전에 신도시 국도 변에 조그만 국밥집이나 하나 차려놓고 오순도순 살아볼까 계획했다. 그 옆에 조그만 편의점도 하나 차려볼까? 편의점은 내가 자신 있지, 하면서 나만의 소박하고 원대하고 낭만적인 프로젝트를 가동했다. 그 꿈이 깨지는 데 역시 보름이 걸리지 않았다.

아버지와 나는 초장부터 엇나갔다. 국밥집 자리조차 구하지 못했다. 국밥집을 바라보는 관점 자체가 달랐다. 내가 '소박'을 꿈꿨다면, 아버지는 '대박'을 꿈꿨달까. 처음엔 그렇게 오해했다. 이 자리 보여주니 싫다 하시고, 저 자리 보여주니 고개를 절레절레. 면적이 작으면 작다고 투정하시고, 그래서 큰 걸 보여드리면 지나치게 크다고 걱정. 대체로 적당한 면적을 보여드렸더니 이번에는 또 뭔가 수상하다면서 눈을 부릅뜨고 주위를 두리번두리번. '와, 이거 대박 괜찮은 자리네!' 싶어서 내 딴에는 칭찬까지 기대하며 보여드렸더니 '너는 장사를 아직 몰라' 하는 표정으로 은근히 비웃기까지. 아, 무슨 이런 까칠한 영감이 다 있어! 돌이켜보면 '나는 소박, 아버지는 대박'의 차이가 아니었다. 오히려 반대였다. 나는 조급했던 것이고, 조급할 것 하나 없는 데다 수십 년 장사 경험이 있는 아버지는 최대한 '안정'을 추구했다고 할까.

그렇게 서너 달 느릿느릿 국밥집 자리를 보러 다녔다. 국밥집 자리 알아보다가 화병 돋겠다! 속이 곪아 터져 쓰러질 지경이었다. 그러던 때에 불쑥 코로나19를 만났던 것이다. 갑작스레, '창업'이란 단어를 입에 담기조차 어려운 시대로 돌변했다.

요즘 주로 농막에 계시는 아버지는 가끔 전화해 의기양양 말씀하신다. "내가 뭐랬냐. 그때 성급하게 식당을 열었으면 지금쯤… 으하하하하하."

코로나19가 만들어놓은 수많은 엇갈림 가운데 내겐 이것도 작은 흔적으로 남아 있다. 살아보니 역시 인생사 새옹지마, 맞는 것 같다. 만약 그때 덥석 식당을 차렸더라면, '아버지랑 오순도순'이랍시고 모든 저축 쏟아부었더라면…. 이거, 생각만 해도 끔찍하다.

그런데 뭐, 아버지라고 코로나19가 닥칠 줄 예상하고 그랬겠나. 오래된 신중함이었는지, 그저 우연이었는지, 이젠 정말 노인이 된 왕년 조르바 선생의 까칠함 때문이었는지 이유는 알 수 없지만, 어쨌든 아버지가 그렇게 튕기고 미루고 깔봄으로써 큰 화를 면하긴 했다. 보다 정확히 표현하자면 '최악의 상황'은 면했다.

편의점은 하루하루 무너졌다. 버티기 힘든 어떤 임계점까지 닿는 양상이었다. 그나마 다행인 것은 그때 아버지랑 국밥집 차리겠다고 모아둔 그 소박한 자금이 있었던 것이다. 그것으로 지금껏 편의점 임대료 내고, 직원들 월급 주면서 근근이 버티는 중이다. 그러니까 이것은 천운이라고 말할 수도 있을 것 같다. 다들 죽겠다고 소리치는 마당에 나는 어쨌든 이렇게 '살아가고는' 있으니. 팔 수 없어 주머니 속에 넣어둔 빵 조각 하나가 생명을 구한 셈이다.

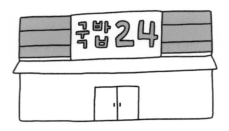

국밥집 차릴 돈이 어쩌다 편의점으로 들어갔다. 그러니 내게 이제 편의점은 국밥집으로도 보인다. 국도 변에 아담하게 차리려던 예쁜 국밥집, 그것이 지금 여기에 있단 말이지. 국밥집이 편의점으로 옮겨왔단 말이지. 이참에 우리 편의점 이름을 '국밥집 될 뻔한 편의점'으로 바꿔볼까나. 손님들이 무슨 말인가 해서 의아하게 생각하겠지. 이런 시국에도 쓸데없는 농담이나 즐기고 있는 꼴이라니. 나는 정말 행운아인 걸까. 혹은 아직 철이 없는 걸까. 아버지 말씀대로, 운도 좋고 철도 없는 걸까.

오늘도 아버지는 농막을 지키며 조르바처럼 지내고 계신다. 고추, 대파, 양파, 상추, 고구마, 옥수수, 방울토마토를 골고루 기른다. 그렇다고 무슨 대단한 농장을 꾸리시는 건 아니고, 그냥 우리 편의점만 한 작은 텃밭 하나에 뭘 그리 오밀조밀 잔뜩 심어놓으셨다. 가끔 농막에 놀러 가면 "으하하하하, 이것 봐라, 이런 게 바로 토종 호박이란다!" 하면서 조르바처럼 웃는다. 애호박도 수입산이 있던가? 최근에는 병아리와 닭까지 키운다. 암탉이 낳은 달걀 훔쳐(?) 먹는 재미가 쏠쏠하다신다. 내가 볼 때 달걀은 사 먹는 편이 훨씬 나은데, 귀찮게시리.

아버지와 나는 남극과 열대처럼 다르다고 생각해왔다. 솔직히 나는 아버지처럼 살지 않겠다는 다짐까지 했었다. 그런데 이제 보니 아닌 것 같다. 다른 듯 닮았다. 뭔지 모르지만 닮았다. "아버지를 꼭 빼닮았고만!" 하던 주위 어른들의 이야기가 그리 틀린 말은 아니었다. 비슷하면 하나 되기 힘들다는데, 그래서 아버지와 나는 같이 살기 힘들었던 걸까. 앞으로도 상당 기간은 각자의 삶을 살게 될 것 같다. 상당히 오랫동안.

국밥집의 꿈은 그렇게 머―얼리 물 건너갔다. 코로나19와 함께 물 건너간 많은 것들과 함께 멀리, 저 멀리.

_____ 아버지의 빈방은 지금 제 작업실로 쓰고 있습니다. 그 덕분에(?) 이 책도 나왔고요.

축하합니다, 음성입니다
코로나 일기, 일곱 번째

       '검체 접수'라는 낯선 용어가 적힌 현수막 아래에는 벌써 긴 줄이 생겨나 있었다. 1미터씩 거리를 두고 서 있는 사람들 꽁무니에 자리를 정하고 섰다. 마스크 사이로 허연 입김이 새어 나왔다. 많은 것이 낯설다. 낯선 것들이 익숙해지고 있다.

    주말 내내 오한과 고열, 두통에 시달렸다. 월요일이 밝자 병원에 전화했더니 코로나19 검사를 받고 오란다. 이건 그냥 감기 같은데…, 그냥 주사 한 방만 놔주시면 되는데…. 소용없었다. 말로만 듣던 '검사'를 나도 드디어 받게 되는구나. 점퍼를 껴

입고 추위에 오들오들 떨며 집 근처 검진소까지 걸어갔다. 지난 며칠간 내가 다닌 행적을 수십 번도 넘게 '반복 재생'해보았다. 집-가게-집-가게… 또 어딜 갔더라?

주말에 끙끙 앓는 와중에도 '코로나 증상'을 휴대폰 화면이 닳도록 검색해보았다. 발열이 있고 마른기침이 있고 피로감이 있다는데, 나는 하나만 해당한다. 몸살, 인후통, 설사 같은 증상도 있다는데, 이것도 하나만 해당한다. 그래 이건 그냥 감기야, 감기! 그러면서도, 혹시, 내가, 설마…. 그렇다면 편의점은? 직원들은? 가족은? 손님은? 여러 사람에게 폐를 끼치지는 않을까, 두근두근 착잡했다.

우주복처럼 생긴 옷을 입은 사람들이 보이는 천막 앞으로 한 걸음씩 다가가며 내 몸은 그렇게 '접수'를 기다렸다.

친구들에게 항상 하는 말이지만, 세상 편의점은 똑같아 보여도 같으면서 다 다르다. 주택가, 직장가, 유흥가, 학원가, 관광지, 농어촌 상권에 따라 다르고, 같은 편의점도 춘하추동 계절에 따라 다르다. 상품 구성이 달라지고 매출 그래프가 오르내린다. 주택가에서 편의점을 운영하는 친구는 회사 빌딩 안에 있는 우리 편의점을 늘 부러워했다. 손님들 매너 좋지, 취객 없지, 심야 영업 안 하지, 그러면서 매출은 나쁘지 않지, 게다가 우리 편의점은 공휴일과 일요일에 쉬기까지 한다. 그럴 때마다 나는 "야, 임대료와 관리비를 생각해봐" 하면서 남의 속도 모른다는 듯 입을 삐죽였지만 내심 좀 우쭐했더랬다. 코로나19는 주택가와 직장가 편의점이 갖고 있는 장점과 단점, 운명의 대진표를 바꿔놓았다.

언론은 코로나19 수혜 업종으로 편의점을 소개했다. 사람들이 식당 이용을 자제하면서 편의점 간편식을 찾고, 바깥 술자리를 기피하고, 일찍 귀가하면서 편의점에 들러 맥주와 안주를 사고, 그래서 이 시국에도 편의점은 장사가 잘된다는 식의 보도였다. 아, 남의 속도 모르고. 친구들은 나를 만나면 "좋겠다" 하면서 웃곤 했다. 정말, 남의 속도 모르고.

편의점도 편의점 나름. 명암은 엇갈렸다. 우리 같은 직장가 편의점은 매출이 반토막 났고, 밤 9시 이후 식당과 유흥업소 영업이 금지되면서 유흥가 편의점 점주들은 말을 잃었다. 관광지 편의점은 코로나19 초기 거의 폐업 수준이었다가 사태가 장기화되고 국내 여행이 늘면서 점차 매출을 회복했다. 그래도 '예년치'에는 훨씬 못 미친다. 주택가 편의점이 다수를 차지하니 편의점 업종 전체로는 매출이 조금 늘어난 것처럼 보이지만 거기에도 분명 소외된 통계가 존재한다. 그러니 세상엔 '이건 이렇다'고 간단히 정리할 수 있는 일이 드물다.

코로나19 이전에, 식당을 하는 친구는 편의점을 하는 나를 부러워했다. "배달 앱에 평점 테러 한번 당하면 하늘이 샛노랗다"며 편의점은 그럴 일이 없어 좋겠다고 지친 기색으로 말했다. 편의점을 하는 나는 헬스장과 필라테스 학원을 운영하는 친구를 부러워했다. '코치님' '선생님' 호칭 들으며 사람들의 건강과 아름다움을 책임지는 우아한 직업이라고 생각했다. 헬스장을 하는 그 친구는 야간 배달 음식 전문점을 운영하는 다른 친구를 안쓰럽게 생각했다. 그거 벌어 남는 게 있느냐고, 그렇게 낮밤 바꿔 일하면 몸이 축난다고 걱정하곤 했다. 코로나19는 이러한 걱정과 부러움, 질시의 삼각관계를 뒤바꾸어놓았다. 지난날의 단점은 오늘의 장점으로 바뀌었다. 헬스장은 문을 닫았고, 배달 음식 전문점은 날개를 달았다.

직장 다니는 선배는 일찍 자영업자가 된 나를 부러워했다. 요즘 신입 사원들의 화려한 스펙을 보면 자기는 이런 회사에 발붙일 실력조차 되지 않는다며, 우리 세대는 참 축복받은 세대라고 안도의 숨을 내쉬곤 했다. 그래도 가끔 불안한지 "이러다 승진에 밀려 갑자기 희망퇴직이라도 하게 되면 어떡하지?" 한탄하곤 했다. 불콰하게 취기 오를 때마다 "어디 편의점 자리 좋은 데 없냐"고 농반진반 투정하곤 했다. 그럴 때마다 나는 "형님, 따박따박 월급 나오는 그 자리가 좋은 거예요"라고 훈계하듯 말하면서도, 속으론 '어이구, 저 나이에 여태 부장이라니, 힘드시겠다' 혀를 끌끌 차곤 했더랬다. 코로나19는 이러한 푸념과 위로의 대칭 관계 역시 맞바꾸어놓았다. 코로나19로 자영업자들이 큰 고통을 겪고 있다는 뉴스를 볼 때마다 선배는 내게 문자를 보낸다. "힘들지?" 내 답장은 언제나 짤막하게 "고마워요". 불과 몇 달 전 우리가 주고받았던 문자 내용이 완벽히 역전됐다.

직장 생활을 하던 때, 내가 좀 싫어하던 임원이 있었다. 오랜 시간이 지나 거리에서 우연히 그를 마주쳤을 때 깜짝 놀랐다. 그렇게 기세등등하던 사람이, 아랫사람들 들들 볶아가며 성과와 출세에 집착하던 양반이 그저 한 사람의 '할아버지'가 되어 있었다. 듬직한 풍채와 우렁우렁한 목소리는 좋아 '나도 저 나이에 저랬으면 좋겠다'는 생각도 조금 갖고 있었는데, 세월 지나 가득한 흰머리에 기운 빠진 목소리를 듣고는 울컥하는 감정까지 들었다. 사람 일은 10년 뒤를 모르는 법이구나.

플러스가 어느새 마이너스 되고, 마이너스는 언제 또 불쑥 플러스가 될지 모르는 인생이다. 그래서 세상만사 새옹지마라며

"오늘 잠깐 잘나간다고 어깨에 힘주면서 지나치게 으스댈 필요 없고, 뭐가 좀 안 풀린다고 기죽어 고개 떨굴 이유 또한 없다"라고 내가 쓴 책에 나 스스로 말했는데, 내가 쓴 모든 글은 결국 나를 향한 화살이 되어 돌아온다는 사실 또한 코로나19의 긴 터널을 지나며 다시 깨닫게 되었다. 건방 떨지 말고, 낙심하지 말지니.

허연 방호복 앞에 섰다. 문진표를 작성했다. 체온 38도, 오한, 근육통. 내가 거기에 체크하는 것을 본 검진 요원의 눈빛이 잠깐 흔들리는 기미가 느껴졌다. 옆 천막으로 건너가 우물쭈물하고 있었더니 또 다른 방호복 요원이 다가왔다. 고개를 들라고 했다. 손에 들고 있던 긴 면봉을 내 콧속으로 쑤욱 밀어 넣었다. 그런 방식으로 검사하는지 몰라 방심하고 있다가 섬뜩 놀라 켁켁거렸더니, 내 유난한 기침 소리에 주위 사람들이 흠칫 놀라 물러섰다.

"결과 나올 때까지 가급적 자가 격리하시고요, 증상이 심해지면…." 콜록콜록 기침이 계속 나왔다. 뒷말은 듣지 못했다. 비실비실 집에 들어와 자발적인 격리에 들어갔다. 작업실 문을 걸어 잠그고 아내도 아이도 못 들어오게 했다. 방바닥에 웅그리고 누워 식은땀을 흘리면서도 가게, 직원, 손님, 식구, 그런 것만 자꾸 중얼거렸다. 생로병사 앞엔 누구나 예외 없이 평등해진다.

"안녕하세요. 보건소입니다." 다음 날 열이 내렸을 때, 결과 문자가 도착했다. 심장이 두근거렸다. 양성일까, 음성일까. 양성이면 어쩌지?

"귀하의 코로나19 검사 결과는 [음성]으로 확인되었습니다."

편의점 직원들 단톡방에 이 소식을 알렸다. 축하해요, 그럴 줄 알았어요, 다행입니다. 문자가 줄을 이었다. 플러스가 아니라 마이너스에 이렇게 기뻐하는 경험도 흔치는 않으리라.

그리고 그런 흥성거림 뒤에 이런 말이 이어졌다. "자, 얼른 나와 일하셔야죠." 쳇, 매정한 녀석들.

따뜻한 바이러스

일곱 살, 여섯 살, 사내아이 둘이 까부는 것은 어벤져스 군단이 출동한대도 당해낼 수 없는 특급 개구쟁이 조합이다. 편의점에 들어올 때부터 어째 조마조마했다. 뭐가 그리 좋은지 서로 밀고 당기고, 붙거니 쫓거니. 그러더니 결국 일을 치고 말았다. 큰 애가 작은 애를 밀쳤는데, 작은 애가 튕기듯 날아가, 시식대에서 라면을 드시고 계시던 손님과 부딪힌 것이다. 야, 이 녀석들아, 얌전히 있지 못해! 화를 내며 계산대에서 뛰어나가려던 찰나, 손님의 행동이 멈칫 나를 가두었다.

"얘, 괜찮니?"

손님은 아이를 일으켜 세우며 그것부터 물었다. 기억에 돋을 새김처럼 지워지지 않는 풍경이다.

수년간 편의점을 운영하며 늘 궁금한 것이 있다. 사람이 사람을 배려하고 존중하는 태도는 과연 어디서 생겨나는 것일까? 대개 화를 낼 상황인데 화내지 않고 먼저 '괜찮니?'부터 묻는 심성은 어디서 어떻게 비롯되는 것일까? 그것은 단기 속성으로 익히는 것이 아니라 몸에 스민 오래된 습관. 너에게서 나에게로, 받은 사람에게서 다른 사람에게로, 시간을 거듭하며 체득한 반응을 통해 조용히 전파되는, 일종의 바이러스 같은 것 아닐까.

코로나19로 세상이 온통 뒤숭숭하던 때, 신은 고난을 세트로 주시는지, 어두운 뉴스도 유독 많았다. 하늘에 구멍이 뚫린 것처럼 50여 일 동안 지루한 장마가 계속됐고, 수년간 태풍이 없더니 몇 년 치 태풍이 이어달리기하듯 몰려왔으며, 이재민이 수천 명 발생했다. 대한민국 제1, 제2 도시 시장이 잇따라 성추행을 저질렀고, n번방 사건이라 불린 성범죄 사건이 세상을 경악케 했으며, 물류 센터에 화재가 발생해 수십 명 근로자가 불길 속에 사망한 일도 있었다. 북한은 평화와 화해의 상징으로 만든 건물을 대낮에 다이너마이트로 폭파하기까지 했다. '대체 이게 무슨 일이야, 세상이 왜 이래?' 싶은 일들이 꼬리를 무는 지진파처럼 이어졌다.

경남 창녕에서는 아홉 살 어린이가 맨발에 잠옷 차림으로 편의점을 찾은 사건이 있었다. 부모의 학대에 시달리던 아이가 4층 건물 지붕을 타고 옆집으로 건너가 극적으로 탈출에 성공한 것이다. 편의점 계산대 위에 휴대폰을 올려놓고 손가락으로 까딱까딱 뉴스를 넘기며 읽다가, 그 아이가 당했다는 학대 이야기에 질끈 눈을 감았다. 거리를 배회하는 아이를 발견한 주민이 편의점으로 데려가 사준 음식을 화상 자국 가득한 손으로 벌벌 떨며 먹었다는 대목에서는 끝내 울음을 참지 못했다. 오렴, 편의점으로 오렴. 꼬옥 안아주고 싶구나.

천안에서는 부모의 학대를 받던 아이가 여행용 가방에 갇혀 질식해 사망한 사건도 있었다. 서울에서는 16개월 입양아를 모진 학대 끝에 죽게 만든 사건이 알려졌다. 아이의 이름은 정인이. 정인이를 마지막으로 진료했던 의사가 "체념한 듯한 표정이었다"고 회상하는 대목에서 또 오열할 수밖에 없었다. 소셜 미디어에 '정인아 미안해'라는 해시태그를 달며, 우리가 할 수 있는 일이 이것밖에 없다는 사실에 지독히도 서글프고 미안했다. 글로 옮기기에도 끔찍한 일들. 세상이 대체 왜 이러는 걸까.

그 시기, 편의점 점주 몇 명과 모임이 있었다. 코로나19가 갈라놓은 운명의 엇갈림 때문에 점주 모임도 한동안 뜸하던 시점이었다. 왜 그런 것 있잖은가. 대학 합격자 발표 막 끝나고, 누구는 붙고 누구는 떨어졌는데, 웃으면서 한자리에 모여 앉기 어색한. 상권에 따라 어떤 편의점은 잘되고 어떤 편의점은 안되는, 명암이 엇갈리는 시절이었다. 자연히 우리는 에둘러 천안과 창녕 이야기를 하면서 쓰디쓴 술잔을 기울였다.

편의점에는 아동급식카드를 들고 오는 아이들이 있다. 저소득층 가정의 아동들이 굶지 말라고 국가에서 지원해주는 돈인데, 지자체마다 쓰임과 금액이 다르다. 하루에 만 원을 쓸 수 있는 도시가 있고, 2만 원인 지역이 있으며, 술 담배를 제외하고 편의점에서 파는 거의 모든 음식을 살 수 있는 도시가 있는가 하면, 편의점 치킨마저 구입이 안 되는 지역이 있다. 우리 딴에는 안 되면 안 되는가 보다 하고 여길 텐데, 아이들 입장에서는 그렇지 않은가 보다. 치킨 한 조각이 먹고 싶어 침을 꼴깍 삼켰는데 "얘, 치킨은 결제가 안 돼"라는 말을 들었을 때, 아이들이 느낄 상실감은 과연 어떨까. 카드를 편의점 계산대 위에 그대로 올려둔 채 어깨를 축 늘어뜨리고 돌아가는 아이도 있다고 한다. 그런 뒷모습만 떠올려도 가슴이 저린다.

"아저씨, 왜 안 돼요?"

그 카드는 아이가 직접 사용해야 하는 것이 원칙인데 가끔 부모라고 주장하는 사람이 찾아와 사용하는 경우도 있다고 한다. 부모라고 하니 믿지 않을 수 있겠나. 그런데 그 '부모'가 제한 품목을 골라 와 결제해달라고 할 때는 참 난감한 일이다. 주방 세제나 잡화 같은 것들. "집에 꼭 필요해서 그래요. 아무렇게나 결제해주세요." 애원하는 목소리로 이야기할 때 이러지도 저러지도 못하고 고민하게 된다. 물론 원칙상 절대 해주면 안 된다. 그래도 사정이 딱하다는데….

"앞으로 그런 일이 있을 때는 좀 더 명확하게 알아봐야겠어." 그래, 그래. "세상일이 남 일 같지 않아." "치킨이나 어묵은 가능 품목에 포함해도 될 텐데 말이야." "아이들이 항상 편의점으로만 오는 것도 마음이 썩 좋지 않아. 급식카드가 되는 식당이나 분식점도 늘었으면 좋겠어." 맞아, 맞아. "그 카드 디자인도 좀 바꾸면 좋겠던데. 너무 눈에 띄니까 아이들이 부끄러워하는 것 같아." 끄덕끄덕.

"여기 모인 우리라도 앞으로 더 잘해보자."

그렇게 우리는 소박한 다짐을 한다. 괜찮은 세상이란 내 아이가 아닌 다른 아이에게 "괜찮니?"라고 물어보는 과정을 통해 만들어지는 것이라고, 이웃에게 자꾸 "괜찮습니까?"라고 물어보는

관심이 쌓여 세상은 묻는 만큼 괜찮아질 것이라고, 우리는 확신
한다.

　당신, 괜찮습니까?

포스트잇

_____ 배고픈 아이에게 먹을 것을 사준 편의점 알바생, 생
활 형편이 어려운 학생에게 치킨을 보내준 치킨집 주인, 그리
고 이 치킨집을 돈쭐(돈으로 혼쭐)내줘야 한다고 주문을 이어갔
던 시민들. 이런 훈훈한 소식도 많았습니다. 이래서 세상은 또
살 만하지 않을까요.
그리고 2020년 7월. 정부는 아동급식카드 사용에 대한 표준
매뉴얼을 개선해 발표했습니다. 이젠 아이들이 실망하고 돌아
가는 일이 줄어들게 되었습니다.

변한 것, 그대로인 것

———— 코로나 일기, 아홉 번째

국내에 첫 코로나19 확진자가 발생했단 소식이 전해진 무렵 이후 연락이 없었으니 김성수가 전화를 한 것은 거의 1년 만의 일이었다. 성수동에서 편의점을 하는 내 친구 김성수. 물론 그동안 연락이 아예 없었던 건 아니다. "요즘 어때?" "그럭저럭. 너는?" "나도. 늘 그렇지 뭐." 이런 문자만 간간이 주고받고 있었다. 그러니 좀 갑작스런 전화였다.

뜬금없이 "어디냐?" 묻길래 "가게"라는 한 단어로 답했고, "죽지 않고 살아 있네?"라는 안부(?)의 말에 허망하게 웃었다. 그러고 10분쯤 지났을까. 누가 어깨를 툭 치길래 돌아보니 김성수였다. 뭐야, 이 녀석! 근처에 있었던 거야?

"지나는 길에 들렀어."

1년 새 살이 많이 빠져 있었다. 하긴 나도 달리기를 하면서 10킬로그램쯤 몸무게가 줄었다. 어쩌다 '확찐자'라는 슬픈 신조어까지 생겨나며 여기저기 걱정하는 사람들 사이에 우리 둘은 '확뺀자'가 되어 있었다. 김성수도 그동안 고생이 많았나 보다.

"그런데 다리는 왜 그래?" 김성수가 다리를 약간 절룩거렸다. 희미하게 웃으며 "하지정맥류가 재발해서 이참에 다시 수술받았어"라고 말했다. 그러고선 바지를 걷어 올려 보여주었다. 서서 일하는 사람들이 주로 걸린다는 직업병, 하지정맥류. 몇 년 전 수술을 받았을 때도 차마 눈 뜨고 보지 못할 지경이었는데 이번에도 종아리 부위가 끔찍했다. 눈을 질끈 감고 얼른 고개를 돌렸다. 으이그, 미련한 녀석. 그렇게 건강도 좀 생각하며 일하라니까. 한심한 녀석. 한참 또 바가지를 긁었다.

어려울 때 돕는 게 친구라는데, 우리는 1년간 연락이 뜸했다. 우리는 서로 비슷한 상권에 편의점을 운영한다. 나는 주로 대기업 회사원들을 상대로 하는 편의점이고, 김성수는 인쇄소와 구두 공장이 밀집한 지역에 있는 편의점이라 객층은 약간 다르지

만 '직장인'이 주요 고객이란 점에서는 비슷하다. 김성수네 편의
점도 상당한 어려움을 겪고 있을 것이 뻔했다. 그런 상황에서 할
수 있는 말은 푸념뿐이니, 우리는 그저 응원하는 마음으로 한동
안 침묵했다. 잘하고 있겠지… 살아남아주기만….

　들어보니 김성수네도 6개월가량 매출이 줄었다가 서서히 정
상을 회복해 이젠 거의 예년 수준이라고 했다. 하긴 그쪽 상권은
재택근무가 쉽지 않으니. 어떤 날은 예년보다 오히려 매출이 높
다고 말하면서 성수는 내게 미안한 눈빛을 보냈다. 그게 미안할
일인가. "다행이다, 너라도 잘돼서."

　창고 안에서 도란도란 이야기 나누고 있는데 정욱이가 들어
왔다. "어? 성수 씨. 웬일이야!" 서로 반갑게 악수를 나누려다 '아
차' 하며 손을 물렀다. 주먹으로 툭 맞부딪쳤다. 1년 사이 세상
의 인사법도 바뀌었다.

　"올해 두산 좀 어떨 것 같아요?" "아, 오재일, 최주환이 빠졌으
니, 이것 참." "그래도 수비진 탄탄하니 가을 야구까진 가겠죠."

　그러고 보니 둘은 야구광. 김성수는 두산베어스, 정욱이는 기
아타이거즈 열혈팬이다. 곰과 호랑이의 만남이로구나. 둘이 대
화를 나누면 나는 무슨 외계인들 대화를 엿듣는 것 같다. 한번은
잠실에서 열린 두산-기아 경기에 끌려갔다가 둘 사이에 끼어

어찌나 소외감을 느꼈던지. 물론 어느 쪽이 이기든 술값은 그쪽에서 내는 거니까 내게는 '이긴 편이 우리 편'일 뿐이지만.

"올해는 마음껏 야구장에 갈 수 있겠지요?" "가을쯤 백신 접종 끝나면 모든 게 정상으로 돌아가 있겠죠." "하하하, 그랬으면 좋겠네." "두산, 기아 나란히 가을 야구 올라갈 때 잠실에서 봅시다." "기아가 올해는 좀 잘했으면 좋겠는데." "두산도." 곰과 호랑이의 훈훈한 야구 정담 마무리.

많은 것이 변했다. 야구 전문가인 정욱이는 이제 의학 전문가가 되었다. 아스트라제네카, 화이자, 모더나의 차이는 어떻고, mRNA가 어떻고, 그걸 개발한 사람이 어쩌고저쩌고, 백신 보관 방법과 접종 순서는 어떻고…. 저런 정보들은 대체 어디서 입수하는 것인지, 질병관리청에 파견 보내도 될 정도다. 편의점 직원이나 손님들이 코로나19 이야기를 나누다가 틀린 부분이 들리면 금세 끼어들어 참견하기도 한다. "그거 가짜 뉴스입니다. 사실은 말이죠…." 방송국에서는 뭐 하나. 정욱이 안 데려가고.

누군가는 요리 전문가가 되었고, 누군가는 드립커피 전문가가 되었으며, 다른 누군가는 식물 전문가가 되었다. 우리 편의점 직원 효정 씨처럼 주야장천 집에서 영화만 보다가 이동진 평론가 뺨치는 영화 전문가가 된 사람이 있고(물론 이동진 평론가님 만 하겠습니까), 수제 맥주와 수제 막걸리 만들기에 도전한 친구 도 있다. 코로나19로 외출이 뜸해지니 모두가 집에 틀어박혀 하 나씩 전문가가 되었다. 나는 육아 전문가가 되었고, 아내는 욕실 청소 전문가가 되었다. '한국형 조르바'인 우리 아버지는 트로트 전문가로 거듭나셨다. 오늘도 뙤약볕 아래 고추밭에 물 주며 '안 동역에서'라는 노래만 수십 번 부르고 또 부르고 계신다. "안 오 는 건지, 못 오는 건지, 대-답 없는 사람아."

우리 편의점에도 적잖은 변화가 있었다. 숙취 해소 음료 판매 가 급격히 줄었다. 거의 판매 제로 수준. (역시 술자리가 줄었나 보 군.) 삼각김밥과 도시락 매출은 코로나19 초기보다는 조금 늘었 다. 흡연실이 폐쇄되면서 담배 매출은 거의 반토막이 났는데, 이 유는 아리송하지만 휴대폰 충전기 매출이 크게 늘었다. 일주일 에 하나 정도 팔릴까 말까 하던 충전기가 요새는 하루에만 한두 개씩 팔린다. (정말 '전국 충전 대회'라도 열린 걸까?) 역시 이유는 알 수 없지만 치약 판매가 크게 늘었는데, 명탐정 정욱이 추리 로는 사무실에서 치약을 함께 사용하던 습관이 사라지면서 그 렇게 된 것 같단다. 나는 "하루 종일 마스크를 쓰고 일하다 보니 양치질을 더 열심히 하게 된 것 아닐까?" 하고 추리했다. (스스로

괴로운 거지.) 그런가 하면 손님들이 네댓 명씩 떼 지어 편의점을 찾던 풍경은 이제 아예 볼 수 없게 되었다. 마스크 뒤에 가려진 손님들의 미소도 못 본 지 오래다. 재택근무를 하는 것인지, 혹시 안 좋은 일이 생긴 것인지, 단골손님 가운데 보이지 않는 얼굴도 여럿이다.

"자, 설날 잘 보내고, 백신 맞고 다시 만나자." 농반진반, 김성수는 마지막 인사를 그렇게 건네며 일어섰다. 그러고는 큼직한 두루마리 화장지를 내게 내민다.

"어? 이게 뭐야?" 그렇잖아도 김성수가 들고 온 두루마리 화장지의 정체가 궁금했었다. 근처에 이사한 사람이라도 있는가 했는데… 그걸 내게?

"명절 선물이야."

엥? 두루마리 화장지가 선물이라고?

"올해는 술술 잘 풀리라고."

엉뚱하기는. 하긴 편의점 점주들끼리는 주고받을 선물이 마땅치 않다. 거의 모든 걸 가게에서 팔고 있으니, 빵이나 케이크는 좀 식상하고, 그렇다고 빈손으로 찾아가기도 그렇고. 그래서 이번엔 고심 끝에 고른 선물이 두루마리 화장지였다나. 하여간 녀석, 엉뚱하기는.

그래, 모든 것이 잘 풀렸으면 좋겠다. 술술. 나라도, 경제도, 우리 각자의 삶도, 이젠 다 풀렸으면 좋겠다. 올 가을쯤엔 변한 것이 제자리로, 그대로인 것이 그대로, 그리고 더욱 단단해진 모습으로, 다시 만날 수 있었으면 좋겠다. 지긋지긋한 코로나19의 기나긴 여정도 두루마리 화장지처럼, 중간 어디쯤에서 동강 끊어낼 수 있었으면 좋겠다.

어려운 길, 이렇게 헤쳐가는 중이다. 김성수 같은, 정욱이 같은 친구들이 있어 함께 이겨내는 중이다. 가족이 있어 웃으며 세상을 견디는 중이다. 가지 말라고 해도 겨울은 가고, 오지 말라 해도 봄은 오더라. 지금 이 글을 읽고 있는 당신도 술술 잘 풀려 나가시길.

수많은 상품으로 가득한 편의점 안에서 오늘을 살피고 내일을 그린다.
세상은 다양한 사람으로 복작이고,
하나로 단정할 수 있는 일이 별로 없다는 사실 또한 깨닫는다.
불확실 가운데 나름의 확실을 구하며 느릿느릿 걸어간다.
그렇게 우리는 각자의 내일을 지킨다.

4부

오늘도 지킵니다, 편의점

내일, 지킴

후반전 1라운드의 하루

"당신 지금 행복해?"

문득 아내가 묻는다. 아내는 내 직업이 바뀌는 과정, 정확히 표현하자면 두 개의 직업을 갖게 된 과정 일체를 가장 가까이에서 지켜본 사람이다. 그리고 이 과정을 따뜻하게 응원해주고 있는 최고의 조력자이기도 하다. 아내가 아니었으면 쉬이 결심하기 어려웠을 것이고, 오늘처럼 글을 쓰지 못했을 것이다.

새벽 5시에 일어나 찬물로 세수하고 작업실 전등을 켠다. 가습기 틀고, 포트에 물 끓이고, 따뜻한 커피 한 잔 마시면서 노트북 전원 버튼을 누른다. 자, 오늘은 무슨 글을 써볼까? '행복'이란 단어의 속뜻은 사람마다 다르겠지만, 설레고 뿌듯한 이런 마음이 행복이 아니라면 과연 무엇이 행복일까. 나는 행복한 사람 맞다. 세상에서 가장 행복한 하루가 시작되었다.

출판사 편집자님은 나더러 참 부지런한 사람 같다고 칭찬했는데, '부지런'에 대한 해석의 기준 역시 각자 다르겠지만, 새벽에 일어나 꼬박꼬박 글 쓰는 오늘과 같은 일상을 부지런하다 말한다면 나는 좀 '바지런'하게 사는 정도는 맞는 것 같다. 거의 매일 똑같이 산다. 새벽에 일어나 글 쓰고, 새벽 집필 마치면 아침 먹고, 오전에는 새벽에 썼던 원고 이리저리 고치다가, 점심을 기준으로 '하나의 직업'이 끝난다. 이후 편의점으로 가거나, 책을 읽거나, 달리기를 하거나, 이 세 가지를 다 하기도 한다. 오후에 찾아가는 편의점이 내가 가진 또 하나의 직업– 사실은 '원래였던' 직업이다. 반# 점주 반# 작가로 살고 있다.

작가라면 밤새 원고에 매달리고, 글감이 떠오르지 않아 머리를 쥐어뜯으며 고민하다가, 괴로움에 못 이겨 벌컥벌컥 위스키를 들이켜기도 하고, 그러다 빗쟁이처럼 작업실 귀퉁이에 웅크리고 자다가 편집자의 독촉 전화에 놀라 깨서는 키보드를 두드리고, 작업실 책상 위에는 수북이 담배꽁초가 쌓여 있는, 이런 모습을 떠올리지만 (나도 어릴 적에는 '작가'를 그렇게 상상했다) 지

1+1의
삶

금 내가 살아가는 현실은 다르다. 공무원처럼 산다. 산책 나선 모습 보고 동네 사람들이 현재 시각을 가늠했다는 철학자 칸트처럼, 정확히 그 시간에 일어나 그 시간에 일하고 그 시간에 잔다. 이런 습관은 오롯이 편의점에서 들였다.

새벽 5시에 일어났다. 씻고 옷 입고 자동차에 시동 걸면 항상 5시 30분. 운전하면서 듣는 라디오도 똑같았다. 편의점에 도착하면 문 열고, 도시락-삼각김밥-샌드위치-햄버거 순서로 진열하고, 상품 검수하고, 폐기 식품 정리하고…. 내가 어떤 작업을 진행하고 있으면 지금 몇 시쯤 됐겠다 가늠할 수 있을 정도로 똑같은 하루를 되풀이했다. 욕심부려 여러 개 편의점을 동시에 운영한 적도 있지만 그때도 일상은 크게 달라지지 않았다. 내가 그렇게 하고 싶어 그랬던 것이 아니라 그렇게 할 수밖에 없는 삶을 살았다. 그것이 때로 권태롭고 지루하기도 했지만 꾹 참고 견디다 보니, 어쩔 수 없이 그렇게 하다 보니, 습관이 되었다. 그것이 '내 것'인 삶이 되었다. 똑같은 동작을 되풀이하다가 근육이 일정한 방향으로 굳어버린 사람처럼 이젠 어디서 무엇을 하든 그렇게 생활하지 않으면 정상이 아니라고 느끼는 내가 되어버렸다. 그런 변화에 고마워한다. 두 개의 직업을 바삐 굴리는 오늘 하루도 그렇게 살아가고 있기 때문이다.

하나의 직업으로 살 수 없는 시대가 다가오고 있다고 한다. 50세쯤 되면 모든 국민을 대학에 다시 보내는 방안을 진지하게 검토하는 나라도 있다고 한다. 스물에 배웠던 것들을 40년 정도 써먹고 은퇴해 20년쯤 더 살다 떠나던 인생 사이클이 달라지고 있기 때문이다.

'오후'가 길어진 삶이 되었다. 새벽 일찍 일어나 하루를 시작하면 오전에 웬만한 일이 끝난다. 하루가 두 배로 늘어난 기분이다. 24시간을 하나 더, 덤으로 얻은 것만 같다. 그래서 뿌듯하기도 하지만, 길고 긴 오후 시간을 도대체 뭘 하며 보내야 하나, 처음엔 좀 당황하게 된다. 사람의 일생 또한 그렇다. 오후가 길어졌다. 1+1의 삶이 되었다. 은퇴하고 20년쯤 살다 보면 하느님 곁으로 직진하던 후반전이 40년, 50년으로 길어진 것이다. 게다가 후반전은 갈수록 늘어나, 전반보다 후반 러닝타임이 더 길고 중요한, 몸통과 꼬리가 뒤바뀐 신新인류의 삶이 시작되었다. 이젠 후반전이 몸통이다.

나는 그런 미래에 먼저 도착한 사람인지도 모르겠다. 편의점에서 하루하루 끼적인 글들이 마음 넓은 편집자의 눈에 들었고, 그것이 어느 날 책이 되어 나왔다. '인세 수입만으로는 먹고 살 수 없어!'라는 정도의 현실감각은 지니고 있었기 때문에 전업 작가가 되겠다는 생각은 언감생심 꿈에도 바라지 않았는데, 이른 봄 들쑥날쑥 자라나는 새싹처럼 싸락싸락 들어오는 원고 청탁 때문에 하릴없이 채용했던 직원들이 편의점에 인력 과잉 현상을 초래해, '잉여'인 나는 글을 쓰게 되었다. 어쩌다 보니 작가가 되었고, 어쩌다 보니 신인류의 미래에 먼저 도착해 있었다.

누군가는 말한다. "편의점도 하고, 작가도 하고, 좋으시겠어요." 그럴 때마다 "아니요, 특별히 그렇지는 않습니다. 작가 수입으로는 알바 월급조차 충당하기 힘들어요"라고 말하지만, 어쩌면 나는 운명으로부터 선택받은 사람인지도 모른다. 그것에 감사하며 살아야겠다. 어쨌든 내가 좋아하는 일을 실컷 하면서도, 그러고도 최소한 굶주리고 있지는 않으니, 고통과 좌절 속에 위대한 문학 작품을 만들어냈다는 '선배' 작가들에 비하면 나는 너무나 너그럽게 선택받은 사람 아닌가. 운명에 보답하며 살아야겠다.

지독히 힘들지 않으니 그만큼 치열한 작품이 나오지 않는 것은 아닐까, 나만의 별스런 걱정을 하기도 하는데, 모든 문학이 치열할 필요까진 없지 않은가. 나만의 위치와 조건에서 뭉근히 쓸 수 있는 어떤 것들이 있으리라 기대하며 오늘도 새벽에 일어나 작업실 전등을 켠다. 특별히 빛나지 않으면서 어디든 있는

'편의점 같은 글'을 쓰고 싶다는 것이 내가 가진 소박한 목표다.

　전반전의 삶이 자연스레 후반전에 이어졌다. 대체로 사람들은 그런 후반전을 만들어나갈 것이다. 전반전에 야구 선수였던 사람이 후반전엔 골프 선수가 되는 식으로 전혀 달라 보이는 후반전을 통과하는 경우도 있지만, 야구와 골프가 '운동'이라는 공통점으로 이어지는 것처럼, 전혀 인연이 닿지 않는 전반전과 후반전의 연결이 있을까. 전반전의 나도 '나', 후반전의 나도 '나'. 전반전의 경험과 습관은 어떻게든 후반전에 영향을 미치며 오늘의 나를 밀고 나간다.

　나는 오늘도 후반전 1라운드의 문을 열기 위해 하루를 시작한다. 오전에는 작업실을 지킬 것이고 오후에는 편의점을 지킬 것이다. 그렇게 나는 나를 지키고, 가족을 지키고, 함께 일하는 사람들을 지키고, 시간과 공간을 지키고, 내게 했던 약속을 지키고, 나를 기다리는 독자와 손님들의 기대 또한 지켜나갈 것이다.

　"당신 지금 행복해?"

　"그래, 행복해." 당신 덕분에.

무인으로 가는 머나먼 길

지금은 저녁 8시까지 우리 편의점이 문을 열지만 오픈 초기에는 밤 12시, 때론 새벽 2시까지 손님을 맞았다. 그땐 직원도 채용하지 않았다. 모든 시간을 나 홀로 지켰다. 하루가 어땠을지 쉬이 짐작되시지요? 자는 시간 빼고는 온종일 편의점 안에만 있었던 겁니다.

사실은 잠도 편의점 안에서 잤다. 편의점 창고 바닥에 박스 몇 개 포개어 깔고 등산용 침낭 안에 들어가 번데기처럼 웅크리고 잤다. 그렇게 내 인생의 골고다 언덕을 오르는 꿈을 밤새도록 꾸다가, 새벽 5시에 일어나 근처 목욕탕에서 씻고, 다시 편의점으로 돌아왔다. 삼시 세끼를 완벽히 편의점 안에서 해결했다. 볼일은 참고 견디다 후다닥 뛰어나가 번개처럼 해결하고 돌아왔다. 말 그대로 '편의점 인간'. 그렇게 서너 달쯤 살았다.

왜 그리 아등바등 살았을까. '악착같이' 살았다는 표현이 적확할 것이다. 이 편의점 하나 성공시키지 못하면 나는 죽어야 한다는 생각뿐이었다. 삶의 마지막 동아줄이라 여겼다. 돌이켜보면 굉장히 위험한 생각 아닌가. 삶에 '마지막'이란 극단은 없는데 그깟(?) 편의점 하나에…. 아무튼 젖 먹던 힘 다해 오늘에 이른 거라고 우회적 암시를 전달하는, 깨알 같은 셀프 광고쯤으로 여겨주시라.

지금도 그렇지만 저녁 7시 이후 우리 편의점엔 손님이 별로 없었다. 건물에 입주한 회사 직원들이 퇴근하고 나면 야근하는 사람만 잠재 고객이 되는데 이 훌륭한 회사가 야근을 별로 안 하는 거다. 직장인일 때는 '또 야근인가!' 하면서 씩씩거렸는데, 내가 편의점 주인장이 되고 나니 '왜 야근을 안 한다는 거야?' 하면서 입을 삐죽이게 되었다. 그래서 우리 편의점은 저녁 8시쯤 문을 닫는 것이 여러모로 현명한 일이다. 그런데 오픈 초기에는 경험도 없고 통계도 없다 보니 '어디까지 되는지 보자' 하는 생각에 극한까지 달려가보았다. 자정 무렵까지 손님이 있을까,

새벽 2시에도 손님이 오려나, 마냥 지키고 기다렸다.

손님은 안 왔다. 안 왔어. 밤 9시가 지나면 건물 내부는 적막강산이 되었다. 우리 편의점에서 흘러나오는 음악 소리만 1층 로비까지 크게 울렸다. 간혹 빌딩 보안 요원들이 순찰을 돌다 찾아와 '이런 상황에서도 영업을 하는 이유가 대체 뭐예요?' 하는 표정으로 나를 바라보곤 돌아갔다. 맞다, 그분들이 그렇게 찾아왔을 때 담배 한두 갑 사 가는 것이 내가 존재하는 이유 가운데 하나였다. 허탕 친 밤도 많았고, 세 시간 넘도록 손님이 들어오지 않자 '손님이 이기나 내가 이기나 어디 한번 보자'는 엉뚱한 생각에 한 시간, 또 한 시간 문을 열고 버텼던 적도 있다. 결국 손님이 이겼다.

그때 번뜩 떠올린 것이 무인無人 점포였다. 이른바 양심 가게. 이 건물엔 어차피 도둑이 있을 리 없고, 밤새도록 보안 요원들이 순찰도 돌겠다, 저녁 8시쯤 되면 "양심에 따라 계산하고 가져가세요" 팻말 하나 걸어놓고, 가게 문 열어놓은 채 나도 퇴근할까 생각했다. 그런 세상이 오면 정말로 좋겠다고 바랐다.

그런 상상을 현실에 옮겨보기로 했다. 그랬더니 당장 난제로 떠오른 대상이 있었다. 바로 POS 단말기. 편의점에 있는 전자식

금전출납기 말이다. 웬만한 알바생도 5분 정도면 사용법을 익힐 수 있으니 그게 그리 작동하기 어려운 기계는 아닌데, 손님들에게 '알아서 계산하시오' 미루려면 역시 해결해야 할 어려운 숙제 가운데 하나다. 사용법을 계산대 옆에 붙여놓으면 된다지만 이어지는 문제가 또 있다. 이번엔 거스름돈. 금전출납기 안에 잔돈을 잔뜩 채워 넣고 가면 된다지만 현금까지 '양심'에 맡겨둔다는 사실이 어째 찜찜하다.

"밤에는 신용카드로만 계산하세요." 이렇게 하면 되는데 거기에도 난관이 따른다. 둘 중 하나를 택해야 한다. 근무자가 사용하는 POS를 손님이 사용하도록 완전히 공개하거나, 손님 전용 셀프 계산대를 별도를 설치하거나. 일단 후자는 돈이 많이 들어 안 되고, 전자로 하려니 밤중에 손님이 계산대 안으로 들어와 계산하고 나가야 한다. 손님으로서도 불편하고, 점주로서도 찜찜하다. 그렇다고 저녁에만 POS 방향을 돌려놓고 퇴근할 수도 없는 노릇이고. 아, 복잡하다 복잡해. 무인으로 가는 길은 멀고도 험하구나.

그때 내가 사부님으로 모시고 있던 분에게 전화해 물었더니 사부님 말씀. "담배는 어떡할 건데?" 아뿔싸. "술은?" 아뿔싸. (그 '사부님'이 바로 김성수.)

내가 그리 아둔한 사람이었고 편의점 생초보였다. POS 사용법이나 거스름돈 같은 건 오히려 부차적인 문제였다. 술과 담배를 생각지 못했다. 둘 다 미성년자에게 판매해서는 안 되는 상품이고, 무인점포를 운영하려면 그것부터 대비책을 세워놓아야 한다. 지금은 우리 편의점에서 술을 아예 팔지 않지만 그때는 소주, 맥주, 양주, 막걸리, 골고루 다 있었다. (그만큼 내가 편의점 운영에 대해 전혀 모르던 시절이었다. 회사 지하에 있는 편의점에서 누가 막걸리를 사 가누? 소주는?) 그래, 술은 퇴근할 때 냉장고에서 아예 빼버리든지 냉장고 한 칸을 자물쇠로 채워버리면 된다. 그런데 담배는? 담배 진열장을 아예 치워버릴 수도 없고, 그렇다고 별도의 시건장치를 하자니 배보다 배꼽이 큰 꼴이 된다. 아, 복잡하다 복잡해! 결국 무인점포는 없던 걸로.

그렇게 무인점포에 대한 기대를 완전히 접고 있을 때 사부님께서 동영상 링크를 하나 보내주셨다. "신박한 것이 있으니 한번 봐." 아마존에서 개발한 무인 마트 '아마존고Amazon Go' 영상이었다. 손님이 마트에 들어가 물건을 고르고, 그냥 나오기만 해도 저절로 결제가 됐다. 와! 내가 찾던 게 이거야, 이거! 내가 상상하는 미래가 바로 거기에 있었다. 당장 설치해야겠어, 당장! 방방 뛰며 흥분했다. 그래서 이래저래 가격을 알아봤더니 기본 설비 비용만 3억 원쯤 된단다. 그것도 한국에는 아직 설치 계획이 없단다. 아마존Go가 아니라 아마돈高였구나. 역시 무인점포는 없던 걸로.

어렸을 때, 내가 커서 어른이 되면 밥을 먹지 않아도 되는 세상이 펼쳐져 있을 것이라 믿었다. 어릴 적 '과학책'에 그렇게 쓰여 있었다. 미래 사회는 알약 하나만 먹어도 충분한 세상이 될 거라며, 그래서 식사라는 개념 자체가 사라진 사회일 것이라고, 과학책에 호들갑스럽게 그려져 있었다. "어린이 여러분! 여러분이 엄마 아빠 나이가 되면 하늘을 날아다니는 자동차를 타고 출근하게 될 거예요! 그리고 주말에는 '심심한데 화성이나 한번 가볼까' 하면서 스페이스 셔틀 왕복 티켓을 끊게 되겠죠! 달나라는 옆 동네 놀러가듯 수시로 가게 될 거예요."

훗! 오늘 아침에도 우리는 여전히(!) 땅으로만 굴러다니는 자동차 보닛을 두드리며 "똥차! 바꿔야겠어!" 욕했고, 미어터지는 지하철 2호선에 올라탔으며, 저녁에는 먹기만 해도 배부르다는 알약이 아니라 '배달 앱' 때문에 배가 불렀고, 잠들기 전 침대에 기대 '먹방'을 보며 까르르 웃었다. 그리고 주말에는 〈2001 스페이스 오디세이〉 영화를 보며 작가와 감독을 한껏 비웃는 중이다. 2001년 유경험자로서 말하는데, 2001년에 뭐가 어떻게 된다고? 순 허풍쟁이 과학자, 구라쟁이 영화감독 같으니! (아, 물론 '2001 스페이스 오디세이'는 굉장히 훌륭한 소설이고 영화입니다.)

문명의 발달 속도는 우리가 생각하는 것보다 느리게 다가온다. 그리고 '복잡하게' 다가오는 것 같다. 아마존고가 세상을 놀라게 해 '이젠 다 죽었어! 편의점에서 알바는 곧 사라지게 될 거야' 했던 것이 지금으로부터 벌써 5년 전인데 아직 국내에는 도입한다는 소식조차 아득하다. 알바는 오늘도 여전히 편의점에 멀쩡(?)하고, 아마존고는 오늘도 여전히 '시험 중'이다. 설비비 3억 원, 5억 원… 이런 비용의 문제만은 아니다.

그럭저럭 편의점을 몇 년 운영하다 보니 무인점포를 완성하기까지 풀어야 할 숙제가 한두 가지가 아니라는 사실을 자연히 알게 되었다. 상품을 결제하는 방식은 그렇다 치자. 상품 포장지와 바코드 위치를 최대한 규격화하는 과제가 있고, 술, 담배, 라이터, 부탄가스, 특수 콘돔, 의약품 같은 '제한制限 상품'은 어떻게 할 것이며, 1+1, 2+1 같은 행사 상품 보관이나 증정은 또 어떻게 처리할 것인가. 상품 유통기한을 확인하는 문제도 그렇고, 부족한 상품을 진열대에 채워 넣는 과제도 있고, 역시 최대 난제인 '도난 방지'는 어떻게 해결할 것이냐. 산 넘어 산이다.

아마존고는 매장에 진열되어 있는 상품의 미세한 움직임을 포착하는 방식을 택한다. 그러려면 점포 안에 굉장히 많은 카메라 센서를 설치해야 한다. 그건 그렇게 해결한다고 치자. 타인을 촬영하는 방식과 그렇게 축적한 데이터를 활용하는 행위에 대해 충분히 문제를 제기할 수 있다. 법적 제도적 준비, 사회적 합의 과정까지 생각해보면 찔끔 머리가 아파온다. 돈과 기술만으로 해결할 수 없는 문제가 여전히 우리에겐 많다.

진열대에서 물건을 집어 들면 선반 무게의 미세한 변화를 감지해 '아, 손님이 물건을 샀구나!' 하고 AI가 감지하는 방식도 있다고 한다. 그런데 인간이란 동물이 참 변덕이 심해, 그 물건을 다시 내려놓으면 AI가 혼란스러워한다고 한다. 사겠다는 거야, 말겠다는 거야? 포장이 비슷

한 상품을 고르면 AI는 또 어리둥절. 지금 딸기 맛을 고른 겁니까, 사과 맛을 고른 겁니까? 게다가 상품을 장바구니에 담았다가 마음이 바뀌어 다른 자리에 갖다 놓으면 AI는 이젠 완전히 멘붕에 빠진다고. 지금 대체 뭐 하자는 겁니까? 이런 난제 또한 인간은 어떻게든 넘어서겠지만 어쨌든 만만찮은 일이다.

어느 날 우리 편의점을 '하이브리드 편의점'으로 운영하자는 제안이 들어왔다. 프랜차이즈 본사 담당자가 우리 편의점에 찾아와 설명했다. "낮에는 유인, 밤에는 무인으로 편의점을 운영하는 '획기적인' 방식이 시범 실시되고 있는데 지원하지 않으시겠습니까?" 아, 이 사람아. 그런 걸 묻긴 왜 물어. 당장 시작해요, 당장!

구체적인 운영 방식을 들어보니 이렇다. 일단 우리 편의점은 술을 팔지 않으니 합격이고, 담배는 야간에 진열장을 덮어버리면 된다고 했다. (술을 판매하는 다른 편의점은 주류 냉장고를 야간에 자물쇠로 채워버린다고 한다.) POS는 입구에 셀프 계산대를 별도 설치하는 방식이고, 근무자용 POS 역시 차단해놓는다. 이러한 비용이 결코 만만치 않지만 그래도 일단 해보자고 했다.

"그런데 상품 이동은 어떻게 확인합니까?" 내가 물었다.

본사 담당자가 눈을 크게 떴다.

"출입자는 어떻게 확인합니까?" "도난 방지를 위한 대책은 있습니까?" "결제를 하는 척하다가 그냥 나가버리면요?" "2+1을 다른 상품이랑 뒤섞어 가져가버리면요?" 청문회를 하듯 연거푸 물었다. 질문이 늘어날수록 담당자의 눈동자는 더욱 커졌다.

그리고 하하하하하, 담당자는 매력적으로 웃으면서 말했다. "CCTV를 두 개 더 달면 됩니다, 경영주님!" 하하하하하, 경영주님, 하하하하하.

"도난 방지 대책이 그것인가요?" 웃음을 거두고 내가 정색하며 말하자, 담당자는 확신을 주겠다는 듯 다시 자신 있게 말했다. "도난 보험에 가입하시면 됩니다, 경영주님!" 하하하하하. "요즘 보험 상품들이 아주 좋아요, 경영주님!" 하하하하하, 경영주님, 하하하하하. 참 매력적인 담당자다.

아, 이 사람아. 그런 것이 무인 편의점이었으면 내가 9년 전에 벌써 했어! 역시 나는 시대를 지나치게 앞서간, 저주받은 천재인 건가. 글 쓰지 말고 발명이나 해볼까?

어쨌든 그래도 해보자고 했는데, 코로나19 때문에 프랜차이즈 본사의 관심이 온통 거기에 쏠리는 바람에 '하이브리드(라는) 편의점' 실행은 자꾸 미뤄졌다. 코로나19 때문에 매출이 급감해, 오히려 나는 이럴 때일수록 야간에 음료수 하나라도 더 팔아볼까 싶어 '하이브리드(라는) 편의점' 설치를 바라고 또 바랐는데 본사에서는 오늘내일 하면서 확약이 없었다. 갑자기 신청자가 몰려 설치가 늦어지고 있다고, 순서를 기다려야 한다고, "경영주님, 정말 죄송합니다!"라는 매력적인 대답만 되풀이했다.

우리가 미래를 위해 넘어야 할 산은 기술, 비용, 제도, 합의…아, 그리고 하나 더 있었구나. '순서'.

포스트잇

———— 2021년 5월. 우리 편의점이 드디어 하이브리드 편의점이 되기 위한 '실측' 단계에 들어갔습니다. 알약만 먹고도 배부르다는 미래에 한발 가까이 다가간 느낌이네요. 아, 배불러.

쉬운 일이 어딨을까

     과연 그랬다. "우리 아들이 숫기가 좀 없어요." 아니요. '좀' 없는 게 아니라 '많이' 없더군요. 이상했다. 편의점 창업에 대해 알고 싶다고 내게 전화를 건 사람이 창업 당사자가 아니라 '어머니'인 것도 이상했고, 그러면서 이런 말을 미리 덧붙인 것도 고개를 갸웃하게 했다. 과연 영준 씨는 말이 없었다. 처음 만나 악수를 청했는데 쑥스러워하며 얼굴을 붉혔고 대화하는 도중에도 자꾸 고개를 숙였다. 꽤 내성적인 남자였다.

     "카페를 하나 차려줬는데 그것도 좀…." 어머니는 못마땅하다는 표정으로 옆에 앉은 영준 씨를 바라봤다. 영준 씨는 또 고개를 숙였다. "결국 문을 닫았죠." 그래서 이번에는 편의점을 하나 차려주시겠다는 거다. 장성한 아들에게 지나친 관심과 배려이십니다라고 말하려다가, 그 집안의 사정이 있겠거니 하면서 무표정하게 고개만 끄덕였다.

편의점은 내성적인 성격을 가진 사람이 도전하기에 적합한 업종이라고 생각하시는 분들이 의외로 많다. 결론부터 말하자면 "아이고, 어머니…." 이러니까 내가 고등학교 진로 담당 교사라도 된 듯한 느낌이다.

발주하고, 물건 받고, 손님 들어오면 그냥 바코드 찍어 결제만 해주면 되고, 진열하고, 청소하고. 그래서 편의점은 대인 접촉이 거의 없는 업종처럼 보이지만 그렇지 않다. 물론 다른 업종보다는 상대적으로 접촉이 적다. 그렇더라도, 알바가 아니라 편의점 점주라면 상황이 달라진다.

편의점은 의외로(!) 대인 접촉이 많은 업종이다. 점주로서는 당연히 알바를 상대해야 한다. 근무자를 모집해야 하고, 면접을 진행해야 하고, 사람을 평가할 수 있어야 한다. 알바를 교육해야 하고, 자꾸 챙겨줘야 하고, 혹여 일을 그만두었더라도 원만한 관계를 유지하고 있어야 한다. 휴대폰에 수많은 알바생 번호를 저

장해뒀다가 "성호야, 요즘 뭐 해? 이번 학기 수업은 많아? 우리 편의점 오전 타임 알바 자리가 비었는데, 바쁘지 않으면 다음 사람 구할 때까지만 좀 봐줄래?" 정도는 할 수 있어야 어엿한 편의점 점주가 되었다고 말할 수 있다. 알바생 근무 시간에 찾아가 계산대 안에서 도란도란 인생 상담도 가끔 해줘야 하고 (그렇다고 섣부른 참견은 마시고) 앞뒤 근무자 사이에 갈등이 생기면 화해와 조정도 해줘야 한다. 365일 24시간 점주 혼자 근무할 것이 아니라면.

손님과의 관계는 또 어떤가. 편의점은 자리가 절대적인 업종이니 자리만 잘 잡으면 고객 관리는 그리 중요하지 않다고 말하는 사람들이 있는데, 결코 그렇지 않다. 특히 '동네 장사'를 하는 입장에서는 더욱 그렇다. 동네마다 편의점은 많고, 이 편의점 아니면 저 편의점으로 갈 준비는 누구든 되어 있다. 직장가나 유흥가에서 편의점을 운영하더라도 그렇다. 서비스 수준을 잘 유지해야 '그물' 안에 있는 손님도 웃으면서 찾아온다. 인근 상인들과 관계도 둥글둥글 원만해야 한다.

편의점 프랜차이즈 본사에는 각 가맹점을 담당하는 직원이 지정되어 있다. 브랜드마다 OFC Operation Field Counselor, SC Store Consultant 등의 명칭으로 부르는데, 이런 분들이 일주일에 한 번

정도 점포에 들러 전반적인 경영 상황을 점검한다. 그분들과도 긴밀한 협조 관계를 유지하고 있어야 매출에 조금이라도 도움이 된다. 사람, 사람, 사람. 사람과의 관계를 완전히 떼어놓고 생각할 수 있는 직업이 세상에 어디 있을까? 골방에 틀어박혀 오로지 혼자 근무하는 직업이 아닌 이상 우리는 사람으로부터, 사회적인 관계로부터 영원히 벗어날 수 없는 운명 아닐까.

편의점을 '쉬운 업종'이라 생각하는 사람도 적지 않은데, 편의점을 운영하는 사람으로서 자존심 상하는 발상이다. 물론 뛰어난 학위나 자격을 필요로 하는 업종은 아니지만 나름의 감각과 경험, 능력을 필요로 한다. 적성에도 맞아야 한다. 법관에게 편의점을 맡겨놓으면 과연 잘할까? 의사는? 회계사는?

영준 씨는 결국 편의점을 오픈했다. 그 뒤로 어떻게 되었을까? 자세히는 모르겠지만 기대했던 것만큼 매출이 썩 좋은 것 같지는 않다. 게다가 영준 씨가 편의점 일에 그다지 즐거움을 느끼는 것 같지도 않다. 가끔 전화해 "요즘 어때요?" 하고 물으면 "그냥…" 하면서 말끝을 흐린다.

'편의점은 계절을 세 번은 돌아봐야 답이 나온다'는 말이 있다. 봄-여름-가을-겨울을 세 번은 순환해봐야 한다는 뜻이다.

쉽게 말해 '3년은 운영해봐야 한다'는 뜻인데 굳이 계절을 강조하는 까닭은 편의점이 계절 연관성이 높은 업종이기 때문이다. 계절에 따른 매출 등락폭을 경험으로 익히고, 그런 템포를 감각으로 이해하는 수준이 되어야 어엿한 편의점 점주라고 말할 수 있다. 편의점과 한 몸이 되어야 한다. 그게 3년 정도 걸린다.

　편의점에 대한 애정 또한 많아야 한다. 업종에 대한 애정까지는 아니더라도 적어도 자기 점포에 대한 애정은 넘쳐야 한다. 어떤 장사든 마찬가지지만 점포에 대한 애정 없이 성공하기 어렵다. 그저 돈 버는 장소로만 바라봐선 안 된다. '누가 뭐래도 내 가게!'라는 자부심이 있어야 한다. 한 3년쯤 가게에서 복작이다 보면 없던 애정마저 생겨나면서 어느새 편의점 인간이 되어 있는 자신의 모습을 발견하게 된다. 그 3년을 버텨야 한다.

　'투잡' 개념으로 편의점을 운영하고 싶다는 분들을 많이 만난다. 어느 라디오 방송에 출연했더니 작가님께서 "저도 편의점을 하고 싶어요"라고 워낙 진지하게 물어보시길래 말리느라 혼났다. 편의점에 관심을 보이는 분들은 둘 중 하나의 감상에 빠져 있는 경우가 많다. 편의점에 대한 환상 혹은 편의점이라는 업종에 대한 안이한 기대. 그 작가님은 분명 '환상' 쪽에 가까운 낭만적인 분이셨는데…. (작가님, 저는 작가님의 따뜻한 오프닝 멘트를 사랑하는 팬입니다. 항상 그 자리에 계셔주세요. 파이팅!)

편의점은 쉬우니까, 지금 하는 일을 하면서도 충분히 같이 할 수 있다고 자신하는 분들도 많다. 그렇게 과감히 나섰다가 둘 다 잘하는 것이 아니라 둘 다 못 하게 되는 사례를 여러 번 봤다. 괜히 성급히 '멀티' 세우려다 '본진'까지 털린 격이다.

사람들이 흔히 괜찮은 직장이라 여기는 회사에 다니는 분이 투잡으로 편의점을 차리겠다고 나를 찾아온 적이 있다. 창업을 희망하는 지역이 좀 외진 지역이라 "야간 알바가 펑크 내고 그러면 꽤 복잡할 텐데요" 하고 겁(?)을 줬더니 "부모님도 계시고, 장인 장모도 도와주실 거예요"라면서 굉장히 낙천적인 목소리로 대답하시더라. '다 계획이 있다'는 것이다. 살아보니, 누군가 그렇게 지나친 자신감을 드러내 보이면 왠지 불길한 기운이 스치고 지나간다.

그래도 그냥저냥 잘하시겠다 싶었는데 몇 년 지나 폐업 소식을 들었다. 사실 편의점은 웬만해서 폐업하기도 쉽지 않다. 본사에 물어야 할 위약금도 있고, 어지간히 현상 유지만 할 수 있으면 대체로 계속하는 쪽을 택하기 때문이다. 사연이 궁금해 안부 전화를 드렸더니 매출도 좋지 않았고, 편의점에서 야간 근무하고 직장에서 꾸벅꾸벅 졸다가 사고 칠 뻔했다는 이야기를 한참 한탄하듯 말씀하셨다.

가족끼리 편의점을 운영하는 일도 그리 낭만적이거나 간단하지 않다. 가족과 함께 점포를 꾸미며 복작이다 보면 화목해질 거라고? 천만에. 반대의 경우를 많이 봤다. 한꺼번에 자리를 비울 수 없으니 가족 여행이나 나들이, 외식과는 거리가 멀어진다. 가족과 대화가 사라진다. "너 때문에!" 하면서 싸울 일이 더 많아진다. 게다가 연로하신 분들이 편의점을 운영하기에 프랜차이즈 편의점은 빠르고 복잡하다. 편의점은 오히려 젊은 사람에게 적합한 업종이다. 트렌드 변화도 읽어야 하고, 시스템 활용에도 능숙해야 한다. 본사에서 하라는 대로 따라가기만 하면 될 것 같지만 그 '따라가는 일' 자체가 수월치 않다.

"돈만 있으면 좋은 자리 차지하고, 좋은 자리 차지하면 편의점은 잘되게 되어 있어"라고 큰소리를 치는 분도 만난 적 있다. 편의점을 운영하는 나로서는 솔직히 마음이 불편했다. '그럼 한번 해보시죠' 하면서 속으로 허허 웃었다. 나는 부지런히 산비탈을 톺아 올라가고 있는데 누군가 최고급 등산 장비를 주렁주렁 둘러매고 휙 지나가면서 "좋은 장비만 있으면 돼!" 하고 비웃는 격. 그럼 한번 올라가보세요. 크—은 편의점은 크—으게 망한답니다.

한번은 편의점을 운영하는 친구가 내게 이런 말을 했다. "편의점 창업자가 늘어나는 데는 네 잘못도 있어." 무슨 말인가 했더니 내가 편의점이나 편의점에서 벌어지는 일들에 대해 좋은 이야기만 잔뜩 늘어놓으니 사람들이 편의점을 '낭만과 행복이 가득한 곳'이라고 착각할 수 있다나. "하하하, 내가 그렇게 영향력 있는 사람이었나?" 하고 웃으면서도 친구의 진심을 알기에 고맙게 생각했다.

내가 신문이나 잡지에 연재하는 편의점 관련 칼럼에 항의하는 점주가 가끔 있다. 왜 좋은 이야기만 쓰느냐는 것이다. 자기는 힘들고 어려워죽겠는데 왜 '잘되는' 이야기만 쓰느냐고, 샘나죽겠다고 말한다. 귀를 씻고 싶은 이야기만 가득한 세상에 나가지 그럴 필요 있을까 싶어, 나로서는 가급적 긍정에 가까운 소재를 찾았던 것인데, 그늘에 있는 점주들 시선으로는 마뜩잖게 보였나 보다. 그럴 수도 있겠다 싶다. 이렇게 쓰면 여기서 뭐라고 하고, 저렇게 쓰면 저기서 뭐라고 하고…. 이런 측면에서는 '반' 점주, '반' 작가로서 나의 투잡도 결코 만만치 않은 일이다.

"편의점을 하고 싶어요." 오늘도 그런 분을 만난다. 같은 업종을 희망하는 사람이 끊임없이 생겨난다는 사실은 일단 반갑고 뿌듯한 현상이다. 가족이나 동지가 새로 생기는 기분이다. 하지만 낭만의 '이면'에 있는 것까지 꼭 살펴보시라고 조심히 말씀드린다. 내가 소개하는 재밌고 훈훈한 편의점 이야기는, 편의점이라는 강물에서 하루 종일 뜰채 흔들어 겨우 찾아낸 사금砂金 한 조각 같은 사연들이다. 그걸 보고 강바닥을 온통 금 바닥으로 착각해선 안 된다. 물론 그렇다고 강에 대한 희망까지 버려서는 안 되겠지. 그것이 바로 내가 하고 싶은 이야기라고 지루한 변명을 덧붙여야겠다. 아, 역시 쉬운 일이란 없구나.

아무튼 내가 만난 모든 사람들이 잘됐으면 하는 바람이다. 부끄럼 많던 영준 씨도, 지금 이 글을 읽고 있는 당신도, 내일 찾아올 당신도.

환불원정대

　　"갈수록 정의감이 사라지는 것 같아."

　술잔을 기울이다가 이렇게 말한다. 정욱이랑 나만 아는, 우리 둘만의 유행어. 그러면서 씁쓸하게 웃는다. 아니, 이젠 제법 재밌다고 웃는다.

　편의점을 하다 보면 정말 오만 사람을 다 만난다. "진짜 그런 일이 있었어요?" "세상에 그런 사람이 있어요?" 하는 일들을 다 겪는다. 그런 일, 있고, 그런 사람, 있다. 그럴 때마다 '지는' 방향으로 문제를 처리하곤 한다. 하찮은 일로 다투기 싫어 그렇고, 시시비비 따따부따 따지다가 내 영혼마저 초라해지는 것 같아 그렇다. "네, 맞습니다. 손님 말씀이 옳아요. 다— 옳습니다. 제가 잘못했습니다." 이렇게 말하고, 다 잊고, 다음 손님에게 집중. 이것이 최선이다.

그렇게 자꾸 '져주는' 방향으로 사고와 습관을 길들이다 보니 이러다 가슴속 정의감(?)이 영영 사라져버리는 것 아니냐고 정욱이와 나는 푸념하는 것이다. 유흥가에서 편의점을 운영할 때는 특히 그랬고, 회사 건물 안에서 편의점을 지키는 오늘도 가끔, 아주아주 가끔, 그런 일을 겪곤 한다.

하루는 이런 일이 있었다. 손님이 과자 여덟 봉지를 들고 와서 환불해달라는 것이다. 그 손님은 원래 아홉 봉지를 사 갔는데, 한 봉지만 먹고 나머지는 다 환불하겠단다. 맛이 없어 그랬을까? 기대했던 맛이 아니라서 그랬을까? 손님이 말한 이유인즉 "공기가 빠져서"란다. 정말 그런 사람이 있었냐고요? 정말 그렇다니까요.

요즘 봉지 과자는 질소 포장을 하여 대부분 '빵빵'하다. 오죽하면 "과자를 샀더니 질소가 왔어요" 하고 놀리겠는가. 내가 소비자 입장일 때는 그렇게만 생각했는데, 판매자 입장이 되고 보니 약간 다른 면도 보인다. 물론 제조사에서 과대 포장을 하는 이유는 제품이 커 보여야 진열대에서 눈에 잘 띄고, 양도 그만큼 많아 보이는 효과 때문이겠지만, 내용물이 깨졌다고 불만을 터트리는 손님도 의외로 실존한다. 과자 봉지를 들고 와 속을 보여주며 "자, 보세요. 깨졌죠?" 하는 손님이 있다. 내가 봐도 대체 왜 저렇게 되었을까 싶은 경우가 있고, 먹는 데는 하등 지장 없을 것 같은데 깨졌다고 바꾸러 오는 손님도 있다. 양파링이 깨졌다고 양파가 반쪽 나고, 새우깡이 반토막이라고 새우 꼬리가 달아난 것도 아닐 텐데 대체 왜 그럴까 싶은데, 어쨌든 그래도 교환해드린다. 물론 그런 0.00001퍼센트의 손님 때문에 제조사가 과자를 과대 포장을 한다는 변명 역시 과대 포장된 사례에 불과할 테지만, 어쨌든 그런 손님이 아예 없는 것도 아니다.

과자를 아홉 봉 샀다가 여덟 봉 환불하겠다는 그 손님. 나 같으면 군말 없이 요구대로 해줬을 것이다. 그런데 그 손님이 정욱이를 만난 것이 문제였다. 평소에는 무표정한 로봇이다가 가끔 정의감이 되살아나는 우리 정욱이를 만난 것 말이다.

"손님. 이게 공기가 빠진 것인지, 이 제품이 원래 이런 것인지 알 수가 없잖아요. 어떻게 무작정 환불해줍니까?"

정욱이는 그러면서 진열대에 있는 같은 과자를 들고 와 "자, 보세요" 하고 내밀었다. 저 녀석이 요즘 〈미스 함무라비〉를 열심히 보더니 저 모양이군. 초임 판사 박차오름 같네! 결정적 증거를 확보한 수사관처럼 정욱이는 득의양양한 표정이었다.

그랬더니 손님의 반격. "그러니까 이 제품 자체가 정상이 아니라는 말이에요. 어떻게 이런 제품을 갖다 팝니까. 환불해주세요." 이런 순간엔 까무룩 할 말을 잃는다. 정욱이가 어이없다는 표정을 지었는데, 그걸 갖고 손님은 또 불친절하다, 무례하다, SNS에 올리겠다. 올려봐라, 황당하다, 이리저리 옥신각신.

'그냥 환불해주고 말지 왜 일을 크게 만들어.' 정욱이를 째려보며 내가 나섰다. "구입 영수증 주시겠어요." 정욱이에게는 잠간 창고에 들어가 있으라고 억지로 등을 떠밀었다.

예상했던 대로, 그 손님은 영수증을 들고 오지 않았다. 이런 손님은 십중팔구 그렇다. (정욱이 같으면 '그럼 그렇지' 하는 득의만만한 표정을 지으며 "영수증 가져오세요" 하고 다시 질끈 샅바를 당겼겠지.) 그런데 싸워 뭣 하나. 서푼짜리 '원칙'을 강조해 얻을 것은 뭐가 있나. 제품을 구입한 날짜와 시간을 더듬어 영수증을 재출력하고 환불해드렸다. 할인에 포인트 적립까지 알뜰하게 했던 손님이라 환불 절차가 좀 번거로웠다. 그 손님은 빨리 환불해달라고 자꾸 투덜거리고, 뒤에서 기다리던 다른 손님들은 대체 무슨 일인가 해서 힐끔힐끔 어깨너머로 구경하고…. 이런 일이 있을 때마다 아무 일도 아니라는 듯 태연하게 보이기 위해 애쓴다. 송충이 스무 마리쯤 입 안에 삼키고 있으면서 생긋 미소를 지어 보여야 하는 기분이다. 10분 만에 홀딱 10년은 늙어버렸다.

그런데 여기에 기막힌 킬링 포인트가 있다. 사실 그 과자는 우리 편의점에 없던 과자다. 그 환불 손님이 갖다 놓으라고 특별히 부탁했던 상품이다. 그래서 갖다 놓았던 것인데, 자기가 사 가고는 자기가 환불한 것이다. 일부러 애먹이려고 그러는 것도 아니고, 이건 도대체 무슨 경우람. 정말 그런 사람이 있었어요? 다시 말하지만 그런 사람 과연 '있었다'. 정욱이랑 나랑 10년 가까이 편의점을 운영하며 경험한 '황당 사건 베스트10' 가운데 2, 3위쯤 꼽히는 사건이다. 우리 머릿속 사전에서 '상식'이나 '정의'라는 단어를 지우게 만들었던 그때 그 사건.

과자에만 한정해 소개하자면 특이한 반품이나 환불 사례가 꽤 많다. 초코파이나 오예스 같은 대용량 과자는 겹겹이 쌓아 진열하거나 손님이 제품을 만지다 상자가 약간 찌그러지기도 한다. 그렇더라도 내용물엔 전혀 이상 없는데 그걸 교환해달라는 손님이 있다. 입장 바꿔 생각해보기로 했다. 내가 손님이라도 ❶ 아주 멀쩡한 상품이 있고 ❷ 약간 찌그러진 상품이 있다면, 당연히 ❶ 을 택하겠다. 그런데 이런 경우가 있다. 계산을 하기 전에 상자가 찌그러졌다고 바꾸는 것은 충분히 이해되는데, 반나절 정도 지나서 "찌그러졌네요" 하며 찾아오면 정신이 아뜩해진다. 머리에서 윙- 하고 소리가 난다. 이렇게 찾아오는 것도 꽤 귀찮은 일일 텐데 오죽하면 편의점에 다시 오셨을까 싶어 "아이고 손님 죄송합니다" 하면서 즉각 바꿔준다.

그렇게 상자 귀퉁이가 약간 찌그러졌다고 바꾸러 오는 손님이 있고, 한번은 포장지 빛깔이 살짝 바래 찜찜하다고 다음 날 바꾸러 온 손님이 있었다. 이쯤 되면 손님을 바라보며 나는 온갖 상상을 다 하게 된다. 이 손님은 과자 때문에 편의점을 다시 찾은 것이 아니로구나. 나를 모질게 보고 싶었던 게로구나. 내 열렬한 팬이로구나.

잡화도 예외가 아니다. 구입한 상품을 분명 사용한 흔적이 있는데 바꾸러 오는 황당한 손님이 있다. 손톱깎이를 구입했다가, 이미 목적을 달성했는지, 이런저런 트집을 잡으며 기어이 바꾸겠다고 하는 것이다. 교환이 아니라 환불. 아, 나무아미타불. 원칙상 바꿔주면 안 되는데, 괜히 시끄러워지기 싫어 그냥 바꿔줘 버린다. 정의감 같은 건 엿 바꿔 먹는다.

심지어 스타킹을 교환하러 온 손님도 있었다. 구입했는데 올이 나갔다고, 이틀쯤 지나서 바꾸러 오셨다. 손님! 그냥 팬이라고 말씀하시라니깐요. 사인해드릴까요?

"그렇게 약하게 굴면 만만하게 보고 자꾸 이상한 사람들이 꼬이게 돼. 그러니까 앞으로 그러지 마."

편의점 선배들은 이렇게 말한다. 전혀 틀린 말은 아니다. 특히 주택가나 유흥가 편의점에서는 지금 우리가 살고 있는 세계와 전혀 다른 세계에 살다 온 듯한 손님 유형을 가끔 목격하게 된다. 이 땅에 평행 우주가 존재하는가 싶다. 그런 사람들에게까지 친절하게 대해주면 더욱 강도가 센 사람이 찾아온다고 선배님들은 말한다. "호객춘풍好客春風 진상동풍進上冬風이니라. 좋은 손님에게는 봄바람처럼 대하고, 진상에게는 겨울바람처럼 대하거라." 자기만의 사자성어를 만들어 껄껄 웃던 점주도 있었다. 맞다. 다, 맞는 말이다.

그래도 져준다. 오늘도 지고 내일도 져준다. 모레도 져줄 것이다. 그 0.00001퍼센트도 안 되는 사람 때문에 99.9999퍼센트 손님에 대한 감정까지 흔들려서는 안 되겠다는 생각으로, 강물 위에 떠다니는 나뭇잎 하나 무표정하게 흘려보내듯, 마음속으로 손까지 흔들며 떠나보낸다. "잘 가요, 안녕, 행복해야 돼!" 뭐가 옳은 건지는 모르겠지만 정욱이랑 나, 우리만의 경험칙이다. 보낼 건 그렇게 떠나보내고, 정녕 지키고 간직해야 할 것들에 대해서만 굳게 생각하기로 한다. 그것이 나를 지키는 일이라고 생각한다. 자잘한 정의감 따위는 잠시 접어둔다.

"그런데 말이야, 뇌물 받았다는 그 국회의원 말이야"

"여자 친구 폭행했다는 그 미친놈 사건은 들었어?"

정욱이랑 나는 각자 바라보던 휴대폰 화면에서 눈을 떼고 새로운 화제로 돌입한다. 가게에서 버린 정의감 말고, '다른' 정의감이 필요한 영역을 찾아 나선다. 그러고는 쨍강, 소주잔을 맞부딪친다. 우리의 일상은 조금 비루할지라도 바깥세상마저 비루해져서야 되겠는가. 질경질경 닭발 씹으며 함께 세상을 씹는다. 뭐가 옳은지는 대체 모르겠지만 우리 둘만의 처세술이다.

다들 조금씩 비슷한 모양으로 살지 않나요? 회사에서, 직장에서, '밥벌이' 터전에서.

사라진 이름들

       주섬주섬 소지품을 챙겨 떠나는 도언 씨 표정은 그저 담담하기만 했다. 한 달 전부터 예고된 오늘인데 이별의 말을 미처 준비하지 못했다.

"사장님, 번창하시고요. 다시 뵐 수 있는 날이 왔으면 좋겠습니다."

도언 씨가 먼저 인사를 건넸다.

"그래요. 건강하고, 나도… 힘은 없지만… 회사 쪽에 잘 이야기해볼게요."

'힘은 없지만'을 말할 때 내 목소리는 반쯤 줄었다. 도언 씨는 살짝 눈빛으로만 답했다.

나보다는 정욱이가 훨씬 친했기 때문에 쇼핑백 하나를 나눠들고 지하철역까지 바래다주었다. 도언 씨는 그렇게 떠났다.

우리 편의점 입구에 작은 부스가 하나 있었다. 담배 회사에서 설치한 홍보 부스인데, 우리 편의점 입장에서는 일종의 숍인숍이었다. 도언 씨는 거기서 일하던 계약직 직원이었다. 담배 회사의 파견 직원이다. 테이블 하나만 달랑 있고 감독자가 따로 있는 것도 아닌데 도언 씨는 정말 열심히 일했다. 자기 회사 전자담배 기기를 소개하고, 사용법 알려주고, 구입을 권하고, A/S 접수까지 했다. 간단한 수리는 본인이 그 자리에서 척척 해냈다.

우리 편의점이 바쁜 시간에는 카운터 일도 도왔다. 이건 우리 일이니 괜찮다고 하면 "회사에서 파견 나올 때 이렇게 하라고 지시받았어요" 하면서 웃었다. 대학 시절에 편의점 알바를 해봤다고 하는데, 그래서 그런지 계산 치르는 솜씨가 능숙했다. 반년 새 정이 듬뿍 들었다. 유통기한 지나지 않은 도시락을 그냥 먹으라고 하는데도 꼭 창고 안에 있는 유통기한 지난 것들을 들고 시식대로 향했다. 그것도 고맙다며 매번 인사를 꾸벅했다. 쓸 수 있는 인심은 그런 것뿐이니 커피나 우유를 슬쩍 건넸다.

도언 씨 덕분에 우리 가게 전자담배 매출도 꽤 많이 올랐다.

기기 하나에 물경 10만 원이 넘으니 어떤 편의점은 하루에 하나 팔기도 어렵다는데 우리는 하루 네댓 개씩 팔았다. 어떤 날은 열 개도 넘게 팔았다. 그래 봤자 담배는 마진이 박하니 괜히 총매출 규모만 한껏 늘려놓는 일이었지만 (총매출이 늘면 자칫 세금 혜택을 받지 못한다. 그래서 편의점 점주들은 담배 매출을 '뻥 매출'이라고 부른다) 어쨌든 그것도 어딘가. 코로나19로 매출이 급감해 한 푼이 아쉽던 마당에 쏠쏠한 가욋돈이 되었다.

그런 홍보 부스가 갑자기 철수한다는 소식이 들렸다. 담배 회사가 인력 감축 차원에서 그렇게 한다는 것이다. 내가 입은 경제적 손실도 그렇지만 쓸쓸한 표정으로 돌아서던 도언 씨의 마지막 뒷모습을 떠올리면 가슴이 아린다. '힘없는' 내가 어떻게 그를 지켜줄 수 있겠나.

편의점이 크게 늘면서 담배 회사들은 전반적인 조직 규모를 줄였다. "편의점 매출은 주로 담배라고 하셨잖아요. 그럼 편의점이 늘면 담배 회사도 커지는 것 아닙니까?" 이렇게 물을 독자들이 많을 것이다. 현실은 반대다. 우리나라 편의점 프랜차이즈 회사들이 워낙 잘되어(?) 있기 때문이다. 거창하게 표현하자면 '편의점의 역설'이랄까.

프랜차이즈 편의점을 하기 전에 나는 브랜드가 없는 개인 편의점을 3년간 운영했다. 편의상 '슈퍼'라고 부르자. 슈퍼를 할 적엔 담배 회사 직원들이 거의 매일 우리 가게를 들락거렸다. 영업 사원은 담배 진열장을 열어보면서 재고를 확인했고, 발주량을 산출하고, 신제품을 소개했다. 그러면 다음 날 배송 사원이 상자 가득 담배를 가져왔다. 우리나라에 그런 담배 회사가 네 개나 되니 (국산 담배 회사 한 곳, 외국 담배 회사 세 곳) 그렇게 드나드는 직원들만 여럿이었다. 공 팀장, 최 차장, 영균, 종민, 형섭, 재섭 씨… 내 휴대폰에는 아직도 그 이름들이 저장되어 있다.

　프랜차이즈 편의점으로 간판을 바꾸자 당장 피부로 느낀 변화 가운데 하나는 담배 회사 직원들을 만날 일이 없어진 것이다. 프랜차이즈 편의점은 본사에서 담배를 일괄 매입해 전국 가맹점에 배송하는 방식을 택한다. 슈퍼를 할 때는 내가 직접 담배 회사를 상대했는데 이젠 그런 수고를 할 필요가 없어졌다. 담배 재고 확인과 발주는 '전산 시스템'으로 한다. 신제품도 본사에서 안내문이 내려오는 대로 주문한다. 그렇게 공 팀장, 최 차장, 영균, 종민, 형섭, 재섭 씨가 사라졌다.

　우리나라 편의점 프랜차이즈는 기존 구멍가게와 슈퍼마켓을 흡수하고 잠식하는 방향으로 성장했다. 그 결과, 골목 구석구석

있던 작은 가게를 저마다 상대하던 담배 회사, 음료 회사, 제과 업체들의 수고가 덜어졌다. 이젠 편의점 프랜차이즈 본사가 그런 회사들을 '회사 대 회사'로 상대하면 된다. 지역마다 있던 도매상이니 대리점이니 영업소니 하는 중간 상인들도 모두 '옛날 용어'가 되었다. 내가 우유를 떼어 오던 보급소 정 사장, 매월 과자 가격을 흥정하며 싸웠던 영업소 박 소장, 과일을 배달하던 현우 씨… 역시 만날 일이 없어졌다. 모두 휴대폰 속 이름으로만 남아 있다. 가끔 박 소장의 미니 트럭이 천천히 지나가는 모습을 거리에서 목격하곤 한다.

내가 편의점을 시작한 10년 전쯤만 해도 프랜차이즈 편의점과 개인 슈퍼마켓 비율은 7대3 혹은 8대2 정도였다. 상당한 비율의 슈퍼가 남아 있었다. 지금은 9대1쯤 되려나? 아니 그것도 남아 있지 않을 것이다. 골목에서 슈퍼는 완전히 자취를 감췄다. 지금은 모두가 눈부신 편의점 간판으로 바뀌었다. 그런데 아직까지 골목을 지키는 '최후의' 슈퍼들. 그들은 지금 어떻게 담배를 배송받을까?

택배로 받는다. 우리나라에는 아주 잘 짜인 공급망을 갖춘 택배 회사들이 많다. 오늘 주문하면 내일 받는다. 슈퍼마켓 주인들이 담배 회사에 담배를 주문하면 내일 택배로 받아볼 수 있다.

담배 회사들은 그렇게 배송 방식을 바꿨다. 아니, 이것은 "배송을 외주화해서 영업 비용을 절감했다"고 말해야 훨씬 경제학적인(?) 표현이 될 것이다. 담배 회사에 남아 있던 최후의 영업 사원, 배송 사원들도 그렇게 한 명 한 명 '정리'되었을 것이다. 그리고 오늘도 차근차근 '정리'되고 있을 것이다.

슈퍼를 할 적에는 은행 계좌로 담배 대금을 결제했다. 그렇게 담배 회사에 매일 대금을 결제하는 것도 상당히 귀찮고 번거로운 일이긴 했다. 나는 대금을 밀린 적이 거의 없지만 외상값을 쌓아둔 슈퍼가 상당했던 모양이다. 그래서 어떤 담배 회사는 외상만 전문적으로 수금하러 다니는 사원까지 있었다. 프랜차이즈 편의점이 되고 나서는 여기에도 변화가 생겼다. 편의점 매출에서 담배 대금이 자동으로 빠져나가는 것이다. 프랜차이즈 본사가 알아서 정산해준다. 담배 회사로서는 외상 쌓일 일 없어 좋고, 편의점 점주로서는 귀찮게 여기저기 입금해줄 필요 없어 좋은, 이것이야말로 흔히 말하는 '윈-윈'인데, 어째 씁쓸한 무엇이 목구멍을 긁는다. 자꾸 누군가를 상대할 일이 없어진다는 것. 그래서 '편안'해진다는 것. 그것이 갖는 의미는 과연 무엇일까?

프랜차이즈 편의점은 참 많은 것을 '편안하게' 만들었다. 참 많은 것을 하나로 통합했다. 번거롭고 귀찮았던 일들을 제거해 주었다. 연필, 메모지, 노트북, 프린터, 머그잔, 스테이플러, 각종 잡동사니가 어지럽게 널려 있던 책상 위를 깨끗하게 정리해준 느낌이다. '일체형'이 되었다. 편하고 좋다. 깨끗하다. 그래서 이름도 '편의'점이다. 점주도 좋고, 손님도 좋고…. 그럼에도 역시 뭔가 쓸쓸한 공기가 느직하게 피부를 훑고 지나간다.

누구는 편해졌고, 누구는 울며 떠났다. 이제 얼굴을 볼 수 없지만 내 휴대폰에는 남아 있는 이름들을 하나씩 꺼내 살펴본다. 공 팀장, 최 차장, 영균, 종민, 형섭, 재섭 씨, 정 사장, 박 소장, 현우 씨, 그리고 많은 이름들. '누구더라?' 하면서 고개를 갸웃하기도 하는 이름들.

모두 잘 살고 있을까?

오늘 거기에 도언 씨 이름도 하나 얹혔다.

기본은 지켜야지

상쾌한 날이었지. 화창한 날이었어. 머리도 맑고, 글도 잘 써지고, 편의점도 순조롭게 돌아가고, 날씨도 포근하고, 모든 것이 완벽한 날이었어. 그래서 점심 먹고 운동복 갈아입고, 오늘은 10킬로미터쯤 달리고 편의점에 나가볼까 생각했던 거야. 그렇게 집 근처 공원을 세 바퀴쯤 돌고 있는데 어째 좀 찝찝한 기분이 들더란 말이지. 러닝화 바닥에 껌이라도 들러붙어 끈적끈적 떨어지지 않는 느낌이랄까. 그때야 떠올랐어. 발주, 발주!

편의점 점주들의 발주 마감 시간은 보통 오전 10시. 그때 발주를 마쳐야 다음 날 판매할 먹거리는 물론 음료, 과자, 술, 담배 등이 들어온다. 부지런한 점주들은 하루 전에 이미 발주를 끝내 놓는데 나는 아침 9시 무렵이 되어서야 느릿느릿 발주 프로그램을 가동한다. 특별한 이유는 없다. 그저, 그것이 습관이 되었다. 그러다 간혹, 아주 간혹 발주를 놓친다. 하루 종일 편의점에서 일할 때는 아침에 갑자기 손님이 몰려 거기에 신경 쓰다 놓쳤고, 오전에 집에서 글 쓰는 요즘은 거기에 넋 놓다 놓친다. 그래도 대체로 10분, 늦어도 한 시간 후에는 그 사실을 깨닫는다. 그런데 상쾌하고, 화창하고, 머리도 맑고, 글도 잘 써져 달리기까지 하러 나갔던 그날의 '각성' 시각은 오후 3시. 어쩐지 머리가 맑더라니, 어쩐지 글이 잘 써지더라니….

발주를 놓치면? 다음 날 팔 물건이 없다. 당연히, 재고만 팔아야 한다. 그런데 음료, 과자, 담배는 그런 식으로 버틸 수 있다지만 유통기한이 하루 정도인 먹거리는 도무지 대안이 없다. 도시락, 김밥, 햄버거, 샌드위치 하나 없는 편의점으로 하루를 견뎌야 한다. 그런 게 어디 편의점인가?

살아날 방법이 아예 없는 것은 아니다. 편의점 먹거리는 1편과 2편이 있다. 1편은 다음 날 오전에 팔 먹거리, 2편은 오후에 팔 먹거리 정도로 이해하면 되겠다. 편의점에 도착하는 시각이 각각 다르고, 유통기한도 차이가 있다. 1편 놓치면 2편 발주하면 된다. 그렇다면 반나절 정도만 먹거리 없는 편의점으로 버티면 되는 일! 오후 3시에 발주 누락을 깨달아 1, 2편을 모두 놓친 그날은 과연 '역사적인' 날이었다. 온전히 안타까운 의미에서.

여기서 슬쩍 일본 편의점 이야기를 꺼내자면, 편의점 점주 입장에서 한국과 일본 편의점의 운영상 차이점을 꼽으라면 뭐니 뭐니 해도 발주다. 한국 편의점 점주들은 인터넷에 접속할 수 있는 곳이라면 세상 어디서든 발주를 할 수 있지만 일본 편의점 점주들은 오직 '점포 안에서만' 발주를 할 수 있다.

일본 편의점을 처음 염탐(?)하러 갔을 때 그랬다. 아침에 편의점 한구석에서 발주를 하고 있었더니 그곳 오나(일본에서 점주를 뜻하는 표현)가 다가와 물었다. "달호 상, 무엇을 하고 있으므니까?" 발주 타임이라고 했더니 어떻게 일본에서 한국 편의점 발주를 할 수 있는 거냐며 눈을 동그랗고 뜨고 놀랐다. 그는 도무지 한국 편의점의 발주 시스템을 이해하지 못하겠다는 표정이었고, 그래서 신문물을 접한 듯 약간 충격까지 받은 모습이었고, 나는 이토록 당연한 시스템에 놀라는 그의 반응에 놀랐다.

한국 편의점 점주들은 PC, 패드, 휴대폰 무엇으로든 발주를 할 수 있다. 집에서든, 거리에서든, 달리는 지하철 안에서든, 인터넷에 접속할 수 있으면 언제 어디서든 가능하다. 인터넷 홈쇼핑을 하거나 배달 앱을 이용하는 것과 똑같다. 그런데 일본 편의점 점주들은 오로지 편의점 안에서만, 그것도 프랜차이즈 본사에서 제공하는 기기를 통해서만 발주할 수 있다. 발주를 아-주 불편하게 만들어놨다. 밖에 있다가도 발주 시간 되면 무조건 편의점으로 뛰어가야 한다.

일본에 PC나 휴대폰이 없는 것도 아니고, 인터넷이 없는 것도 아니고, 그 정도 발주 시스템을 구축하는 것이 그리 어려운 일도 아닐 텐데 일본은 도대체 왜 그럴까 생각해보면 한국과 일본의 문화 차이에까지 생각이 뻗는다. 이것은 앞으로 '다른 책'에서 이야기하기 위해 아껴두기로 한다.

아무튼 다음 날, 나는 혼났다.

"어? 오늘 도시락이랑 삼각김밥이 하나도 안 들어왔네?"

정욱이 물음에 그때서야 발주를 놓쳤음을 실토했다. 점심 무렵이 되어 "이상하다. 2편 들어올 시간인데…" 하는 정욱이의 혼잣말을 듣고 2편까지 놓쳤다고 자수했다. 한심스런 좁쌀 바라보는 표정으로 나를 흘겨보던 정욱이가 천장으로 시선을 옮기며

했던 말. "우리… 기본은 지키자. 응?"

편의점 점주와 작가라는 투잡을 시작한 이후로, 내가 편의점에서 맡은 역할 중 상당 부분을 정욱이에게 넘겼다. 그러나 단하나 넘기지 않은 것이 있으니 그것은 발주. 발주만큼은 내가 한다. 편의점 왕초보일 때 선배님들이 "다른 건 다 넘겨도 발주만큼은 점주가 직접 하라"고 신신당부했던 말을 기억한다. 발주는 책임이자 권한이라는 것이다. 발주까지 점장에게 맡기면 모든 감각이 사라지고, 편의점에 대한 애정 또한 차차 식어갈 것이라고 말했다. 실제로 겪어보니 그렇다. 발주는 편의점이라는 공간안에 내가 존재하는 최소한의 의미가 되고 있다. 그걸 통해 신상품이 들어오고 나가고, 매출이 오르내리고, 어떤 제품이 잘 팔리고 안 팔리는지, 기본적인 감각을 유지한다.

정욱이도 그걸 알아 발주권 넘기라는 말은 차마 하지 않았던 것인데, 하루에 20~30분, 딱 그거 하나 지키기로 한 일을 내가 지키지 않은 것이다.

문득, 살면서 '기본'이라 여겨온 것들을 되돌아본다. '최소한'이라 압축했던 것들을 떠올려본다. 아빠로서, 남편으로서, 가장으로서, 아들로서, 형이자 오빠로서, 친구로서, 동료로서, 점주로서, 경영주로서, 내가 지켜야 했던 기본과 최소한의 것들에 대해 반성하고 되돌아본다. 참 많은 것을 무심코 흘려보냈고, 참 많은 것들에 태연히 소홀했구나. 편의점 발주는 1편 놓치면 2편 있고, 오늘 못 팔면 내일 팔면 된다지만, 내가 못 하면 남에게 맡길 수라도 있다지만, 꼭 내가 해야 하는 일, '나' 아니면 안 되는 일, 오늘 아니면 영원히 돌아오지 않을 순간들을 수없이 무시하고 지나쳤구나.

아들 녀석이 어릴 때 놀아달라고 하면 "주말에 놀아줄게"라는 약속을 습관처럼 반복했는데 언제나 그것은 공약空約일 뿐이었고, 어느새 녀석은 놀아준다고 다가가면 어색한 표정으로 물러서는 그런 나이로 자라 있었다. 그것이 내내 쓰리고 아프고 미안하다. 몸으로 놀아주며 함께할 수 있는 나이는 딱 그때뿐이었는데. 그 시절은 영원히 돌아오지 않는 법인데….

그깟(?) 편의점 발주를 놓친 사건 하나 때문에 오로지 '그때뿐'인 시간에 대해서도 생각해본다. 무를 수 없고, 미룰 수 없는, 그런 일들을 되짚어본다. 오늘도, 지금도, 그런 시간 속에 우리는 살아간다. '오늘'은 다시 오지 않고 '이번 주말'도 두 번 오지 않는다.

아침 9시 30분. 작업실 책상 앞에 앉아 열심히 글을 쓰고 있는데 휴대폰이 가볍게 울린다. 본사에서 문자가 왔다.

"금일 도시락, 삼각김밥, 햄버거 미발주 중. 확인 요망."

마감 시간이 임박하면 이렇게 친절하게 문자까지 보내주는데 (오, 보면 볼수록 친절한 편의점 본사!) 상쾌하고, 화창하고, 머리도 맑고, 글도 잘 써졌던 그날은 1, 2편을 모두 놓쳤단 말이지.

후회할 거를 없다. 이러다 또 발주 놓칠라.

이번 주말엔 한강공원에서 캐치볼이나 하자는 큰아들 녀석과의 약속을 꼭 지켜야겠다. 봄꽃이 앞다투어 피어나고 있을 것이다. 글러브가 창고에 있던가?

포스트잇

────── 한국과 일본 편의점을 비교 체험하는 에세이를 써놓고 한일 관계가 악화되면서 출판사 서랍 안에 2년 가까이 쿨 쿨 잠들어 있습니다. 언젠가 기지개를 켜고 일어날 날이 있겠지요. 지금 이 책을 읽고 있는 당신 곁을 찾아갈 날이 있겠지요. 나라와 나라 사이, 역사와 현실을 대하는 태도에 있어서도, '기본'을 지켜야 할 텐데요.

원고료와 시급을 물으신다면

　　편의점을 시작하고 생긴 나쁜(?) 변화 가운데 하나는 많은 것을 '시간당 돈'으로 계산하는 버릇이 생겼다는 것이다. 친척 어르신께서 "예쁘구나" 하며 우리 아이에게 5만 원짜리 한 장을 주셨다면, 법정 최저임금(2021년 현재 시간당 8,720원)을 얼른 떠올리며 '5시간 44분에 해당하는 대가를 주셨구나' 하고 생각한다. 몹쓸 자본주의 세계관. 친구가 약속 시간에 20분 늦으면 '2,906원어치 늦었구나' 하고 생각한다. (그리고 손을 내민다.) 이러니까 내가 수전노라도 되는 모양새지만, 웃자고 하는 말이다. 씁쓸하게.

본격적으로 글을 쓸 것인가 말 것인가 하는 문제를 결정할 때도 그랬다. 판단의 기준은, 내가 가게에 없는 시간 동안 새로운 알바생을 채용해야 하는데, 내가 알바생 급여만큼 편의점 바깥에서 벌어올 수 있느냐 없느냐 하는 것이었다. 인풋과 아웃풋, 투자와 효율, 가격 대비 만족도, 대체 가능성 등을 골고루 따져본 지극히 '이코노믹'한 선택이라고나 할까.

결론인즉, 반점주 반작가로 글을 쓰기 시작한 지 2년이 넘도록 인풋을 초과하는 아웃풋을 얻어본 적 없다. 그러니까, 쉽게 말해 알바 월급도 벌지 못한다는 말이다. 그러니까, 글 쓰는 일, 이거 정말 '돈 안 되는' 일이다. 그러니까, 유경험자로서 말하는데, 작가 지망생들이여, 차라리 편의점에서 일하는 게 더 낫다⋯는 건 결코 아니다. 글쟁이는 가난하다고 흔히 말하지만, 어쨌든 용기는 잃지 말아야 하지 않을까. 그러한 희망과 낙관이 지금껏 숱한 보석을 탄생하게 만들었으니.

"형. 늘 궁금했던 건데, 이런 거 쓰면 얼마나 받아? ㅋㅋㅋ"

내 글이 신문에 실리면 가족들 단톡방에 기사 링크를 올려 자랑하는데, 어느 날 동생이 물었다. 칼럼 쓰면 얼마 받느냐고. 어허, 무엄한지고! 아무리 내 동생이라지만 무식한 녀석! 신성한 글을 천박한 돈으로 환산하려 들다니!

그러면서 나는 신성한 글을 천박한 돈으로 제격 환산해보았다. 예의 그 '시간당 돈' 개념으로 얼른. 원고를 쓰느라 여덟 시간 걸렸는데, 원고료는 세금 떼고 18만 원이었고, 그러니 시급으로 따지면 22,500원. '알바 시급보다는 많네!' 하고 잠깐 기뻐했다가, '이 칼럼을 매일 쓰는 건 아니잖아?' 하는 대목에 생각이 멈춘다. 그렇다면 2주에 18만 원, 월급으로 따지면 36만 원. 이건 그냥 극빈층이다!

이런 칼럼을 신문사 다섯 곳에는 연재해야 겨우 최저임금 수준이 된다. 그런데 그리 많은 연재를 하는 작가가 대한민국에 몇이나 될까? 결론인즉 내 인생에 해리포터 시리즈 같은 작품 하나 써내지 못한다면 평생 가난한 작가로 살아야 한다는 이야기다. 무려 해리포터 시리즈는 꿈에도 바라지 않고, 매월 2~3천 권 정도는 꾸준히 팔리는 책을 갖고 있어야 기본적인 생계가 가능할 텐데, 그런 일도 내 인생에 찾아오려나 모르겠다. 역시 그래도, 누가 뭐라든, 앞만 보며 꾸준히 써나가는 걸로!

누구든 제2의 직업을 고민할 때, 이른바 N잡의 가능성을 타진할 때, 당연히 수입을 고려하지 않을 수 없다. 비록 2년밖에

되지 않은 N잡러이지만 반점주, 반작가로 살아가며 내가 느낀 바는 이렇다. 스스로에게 바라는 다짐이기도 하다.

첫째, 본업을 소홀히 하지 말자. 나는 지금 편의점이 본업인지 작가가 본업인지 애매하지만 (그래서 둘 다 반업半業이라고 나만의 표현으로 부르지만) 어쨌든 수입 대부분은 여전히 편의점에 의존하고 있다. 그렇다면 '본업'을 묻는 질문에 현실적으로는 '편의점'이라고 답하는 것이 역시 현실적인 태도 아닐까. 아무리 작가 쪽으로 마음은 더 쏠린다 해도, 본업이 흔들리면 부업까지 흔들린다는 생각으로 오늘도 편의점을 지킨다. 앞에서 저렴한 비유를 들어 표현했던 것처럼 '본진이 털리면 멀티도 위험하다'는 생각으로 그렇게. 언젠가 멀티의 생산력이 본진보다 높아지는 그날만 지긋이 기다리면서.

둘째, 상당한 과도기가 필요하다. 재즈바를 운영하다 작가가 된 무라카미 하루키는 문학상을 받고 등단한 후에도 2년간 가게를 운영한 다음 전업 작가의 길로 들어섰다. (역시 '성실한 작가'의 표본 하루키 씨.) 그 2년 동안 매일 저녁 가게 문을 열었고, 밤새 손님을 접대하다가, 셔터 내린 재즈바 한구석에서 소설을 썼다고 한다. 그 풍경이 뭉클하게 눈앞에 그려진다.

누구든, 무슨 일이든, 그러한 기간이 필요하지 않을까. 여기서 저기, 이곳에서 저곳으로 넘어가는 가교와도 같은 시간. 새로운 직업을 향해 차츰 마음이 스며드는 이음매와 같은 영역이 만들어져야 한다. 그 기간이 꽤 길고 지루할 수도 있기 때문에 마음은 늘 초조하고 다급하지만, 견디고 지키는 도리밖에.

셋째, 그렇다고 지나치게 비장할 필요까진 없겠다. 우리 인생에 '이것 아니면 절대 안 돼!'라고 배수진을 쳐야 할 일이 과연 얼마나 될까. 그렇게 비장하느니, 차라리 '그거 아니라도 할 건 많아!'라고 여유를 부리는 편이 낫지 않을까 싶다. 인생은 생각보다 길고, 기회는 얼마든지 있다. 모든 일에 최선을 다하면서도 모든 판에 '올인!'을 외칠 필요까지는 없다고 내게 주문한다. 오늘 안 하면, 내일 하면 되지 뭐.

내 인생은 어쩜 이렇게 드라마 같을까 하는 생각을 하곤 했다. 그런데 알고 보니 사람마다 인생은 다 드라마 같더라. 각자 자기 무대의 주인공으로 살아가는 중이다.

지금 이 글을 쓰고 있는 도중에도 그렇다. 각본에 쓰인 것 같은 일이 또 벌어진다.

방금 정욱이에게 전화가 왔다. 오후 알바가 몸이 좋지 않아 갑자기 나오지 못한다는데 나와서 일 좀 할 수 있겠느냐는 것이다.

아무렴, 걱정 마. 어차피 마감 임박한 원고도 없는데, 내가 나갈게. 하루 일곱 시간 일하면 거의 7만 원. 오늘도 이렇게 '일당'을 버는구나. 정욱이는 옆에서 따따부따 "이게 이제는 진열도 못하네" "무슨 청소가 이 모양이야" "담배 이름 벌써 잊었어?" "인사 좀 똑바로 해!" 달달달 나를 볶아대겠지.

가방 챙겨 편의점으로 향한다. 반가운 손님들 얼굴 보며 고마운 글감을 캐내야겠다. 반업 작가의 하루는 은근히 바쁘다.

그렇게 우리는 살아간다

그 손님은 자랑을 많이 한다. 주로 부모님 자랑을 많이 하고, 자신의 알록달록한 소장품을 내보이며 노골적으로 자랑하기도 하고, 묻지도 않았는데 지난 주말 어디에 갔는지 불쑥 자랑하는가 하면, 한번은 여자 친구 자랑을 참기름 볶듯 고소하게 하기에 샘나 어쩔 줄 몰랐다. 순 자랑쟁이 총각이다.

올봄 그 손님이 우리 편의점에 찾아와 또 자랑했다. "아저씨, 저 초등학교 가요!" 한껏 우렁찬 목소리로 턱까지 비스듬히 세워 올리고 뻐기며 말했다. 거참, 초등학교 못 나온 사람 서러워 살겠나 싶을 정도로 야무진 자랑이었다. (그래, 나는 '국민'학교 나왔다!)

기억한다. 그 손님이 우리 편의점에 처음 왔던 날. 손님은 분명 유아차에 앉은 채 편의점에 왔더랬다. 늦은 감이 있지만 쪽쪽이도 물고 있었던 것으로 기억한다. 그런 손님이 쪽쪽이 유아차 떼고, 어린이집 가고, 유치원 가고, 어느새 초등학교 올라간다고 자랑하러 찾아온 것이다.

편의점의 시간은 손님과 함께 흐른다. 회사 건물 안에서 고정 손님을 상대하는 나로서는 더욱 그렇다. 함빡 정들었는데 계약직 근무 기간이 끝나 작별을 고하는 안타까운 손님이 있고, 분명 엊그제까지 심부름하던 막내가 어느덧 후임이 생겨 "음료수 하나 골라봐!" 하면서 어깨에 잔뜩 힘주는 광경을 빙그레 미소 지으며 바라보는가 하면, 과장이 차장 되고 부장이 상무 되는 오르막길을 오랜 시간 멀리서 지켜보기도 하고, 늘 짝을 지어 함께 오던 손님이 보이지 않아 넌지시 물으니 "그 친구 퇴사했어요" 하고 시무룩 돌아오던 대답, 영영 가버릴 사람처럼 손 흔들며 해외 지사로 떠나더니 "아저씨 여전히 계시네요" 하면서 반갑게 다시 찾는 손님도 있다.

때로 의도치 않게 남의 연애사를 엿보기도 한다. 분명 선후배 사이였는데 소곤소곤 "자기야!"로 호칭이 바뀌더니 은밀한 사내

데이트 현장을 포착하기도 하고, 그렇게 애틋하다 다퉜는지 헤어졌는지 따로 시큰둥 찾아와 어색함을 느끼기도 하고(그럴 때 "남자 친구는요?" 하고 묻는 것은 최악의 눈치 없는 행동!), 따스한 봄날 "우리 결혼해요" 하면서 환하게 웃는 커플도 있다. 여자 손님의 배가 점점 불러가다가, 노랑 빨강 단풍이 익어가는 어느 가을 오후 그들은 유아차를 함께 밀며 편의점에 들어올 것이고, 유아차 타고 온 손님은 또 언젠가 "초등학교 가요!" 하면서 자랑하겠지. 편의점을 운영하는 일이란 늘 이렇게 내가 있는 자리를 지키고 앉아, 변해가는 주위 풍경을 바라보는 일이다. 사람과 함께 세월을 가늠하는 일이다.

그렇게 우리는 살아간다. 나는 변한 것 하나 없고 이뤄놓은 무엇 하나 없는 것 같은데 남들은 변하고 쌓아가는 풍경 곁에 때로 한숨 쉬고 가끔 서럽기도 하지만 세월에 흔들리면서도 묵묵히 내 자리를 지켰다는 사실, 그것이 바로 내가 맺은 열매임을 깨달으며 오늘도 우리는 각자의 시간을 지킨다.

초등학교 입학하고 통 볼 수 없던 자랑쟁이 총각은 얼마 전 우리 편의점에 다시 얼굴을 내밀었다. "아저씨, 방학했어요!" 이거 원, 방학 없는 사람 서러워 살겠나 싶을 정도로 하늘을 날 듯한 자랑이었다. 그 총각이 중학교, 고등학교 올라가고, 수줍게

까까머리로 나타나 "군대 갑니다, 충성!" 소식을 전하고, 예쁜 짝 꿍과 알콩달콩 사랑 나누고, 또다시 유아차 밀고 찾아와 자식 자 랑, 아내 자랑 한껏 늘어놓는 그날까지, 먼 훗날의 언제까지라 도, 나는 기꺼이 모든 자랑을 들어줄 용의가 있다. 지금 이 자리 에서.

오늘도 지킵니다, 편의점.

모든 길을 달린다

1

느슨한 긴장감. 그것은 '다디단 소금'이란 말처럼 형용모순으로 들리지만 우리가 세상을 살아가는 원리 가운데 하나를 보여주고 있다고 생각한다.

어떤 글에 나는 '오늘은 다시 오지 않는다'고 말했다. '이번 주말은 두 번 오지 않는다'고 표현하기도 했다. 그러면서 다른 글에서는 '오늘 안 하면 내일 하면 되지'라고 말했다. 앞에서 한 말과 뒤에서 하는 말이 왜 다릅니까 묻는다면 나는 그것이 살아가는 하나의 방법, 처세의 방편이라 변명할 수밖에 없다. 오늘에 치열하되, 내일을 기약할 것. 박쥐처럼 살겠다는 말이 아니라, 모든 것을 편한 대로 합리화하겠다는 말도 결코 아니라, '느슨한 긴장감'을 갖고 싶다는 말이다.

《매일 갑니다, 편의점》이 땀으로 쓴 책이라면 이 책은 눈물로 썼다. 독자들은 웃으며 읽었을 에피소드도 사실 나는 울면서 쓴 부분이 많다. 코로나19로 편의점 매출은 뚝뚝 떨어졌고, 한 번도 겪어보지 못한 세상이 쫙 펼쳐졌고, 낯선 풍경은 이런 모든 변화를 새로운 일상으로 받아들이라며 윽박질렀다. 나는 거기에 매번 무릎 꿇을 수밖에 없었다. 마음으로 울었다.

그런 가운데 나름대로 유머 감각을 잃지 않으려 애썼다. 어떤 경우에도 웃음을 잃어서는 안 돼. 일부러 웃기려 글을 썼던 것이 아니라, 내가 살려고 웃었다. 그것까지 잃으면 모든 것을 다 잃을 것만 같았다.

옛날 미국의 어느 대통령이 암살범 총에 맞았는데, 수술대에 올라가기 전 아내에게 농담을 던졌다는 일화를 기억한다. "여보, 내가 총알 피하는 걸 깜빡했어." 생명을 맡겨야 하는 집도의들 앞에서는 이런 말을 꺼내 웃겼다. "여러분이 모두 공화당원이면 좋을 텐데." (그 대통령이 공화당 출신.) 주위 사람들이 한시름 긴장을 놓았으리라. 그런 순간에도 과장되지 않게 웃음을 전할 수 있는 힘. 그걸 단순히 익살이나 장난스런 성격 탓이라고만 단정할 수는 없으리라.

이 책을 그런 '훈련'의 마음으로 썼는데, 독자들에게 어느 정도 전달이 되었을는지 모르겠다.

2

본격적으로 글을 쓰기 시작하며 본격적으로 달리기도 시작했다. 원래 가끔 달렸는데 편의점을 시작하고 거의 달리지 않았다. 이젠 두 개의 직업을 갖게 되었으니 더욱 꼼꼼하게 건강을 지킬 필요가 있었고, 나 자신을 어느 한쪽으로 조금 몰아세울 필요도 있었다. 그래서 선택한 만만한(?) 대상이 달리기.

첫날 달린 거리가 3킬로미터쯤 되었으려나. 5년 넘게 쉬었다가 다시 달리려니 거의 죽을 지경이었다. 그새 이렇게 저질 체력이 되었단 말인가. 하긴 그때 내 몸무게가 거의 90킬로그램 정도 되었지. 그래도 꾸역꾸역, '나는 타고난 사람'이란 헛된 망상으로 달렸다.

하루는 달리고 났더니 몸에 울긋불긋 반점이 보이는 게 아닌가. 전형적인 알레르기 증상이었다. 인터넷에 검색해보니 과격

한 운동이 원인일 수 있단다. 아니야, 아닐 거야, 나는 달라, 하면서 애써 그 원인을 거부했다. 아내가 병원에 한번 가보라고 하는데도 의연한 척, 안 아픈 척했다. 반점이 몸 전체에 번져 급기야 두꺼비처럼 되었을 때에야 엉금엉금 병원으로 기어갔다. 의사 선생님께서 말씀하셨다. 인터넷 그대로.

그렇게 미련한 짓을 하고 나서야 나는 쉬엄쉬엄 다시 달려 5킬로미터를 뛸 수 있는 체력을 갖췄다. 10킬로미터를 처음 달린 날에는 남몰래 울었다. 애처럼.

결과를 당겨 말하자면, 2020년 11월 15일, 나는 마라톤 대회에 나갔다. 코로나19 때문에 언택트로 진행된 대회. 내 생애 최초 '풀코스 마라톤' 도전을 이런 식으로 치러야 하다니! 응원하는 사람 하나 없이, 함께 뛰는 주자도 한 명 없이, 스마트폰 앱 하나 달랑 켜놓고 외로이 뛰어야 하다니! 이것도 코로나19 시대가 선물한 '낯섦에 순응하는 수많은 경험' 가운데 하나라고 생각하며 달렸다. 그저 운명이려니.

최종 기록은 3시간 57분 36초. 마라톤에 기록이 중요한 것은 아니지만, 첫 도전치고 그리 나쁜 기록도 아니다. 인생에 넘어야 할 언덕 하나를 성큼 넘어선 기분이었다. '완주' 버튼을 누른 후 길섶에 앉아 홀로 한없이 울었다.

3

흔히 마라톤은 42.195킬로미터가 아니라 10.195킬로미터 경기라고 한다. 32킬로미터 정도까지는 누구든 이를 악물고 뛸 수 있다. 그러나 나머지 10킬로미터는 '이러다 죽을 수도 있겠구나' 하는 두려움마저 느낀다. 팔다리가 전후좌우 따로 놀면서, 내 몸이 내 것이 아닌 것 같다. 포기하는 사람도 그 구간에 속출한다.

그러니 하프 마라톤쯤 달려봤다고 '마라톤쯤이야!' 생각했다가 큰코다친다. 절반 이후의 주로走路에 차원이 다른 세계가 펼쳐진다. 그렇다고 하프 마라톤을 무시해서도 안 된다. 하프 마라톤을 서너 번은 겪어봐야 '풀full'을 달릴 수 있는 체력이 생기고 용기도 쌓인다.

세상일이 대체로 그런 것 같다. 하나로만 딱 잘라 말할 수 있는 것이 별로 없다. 이렇게 보면 이렇게 보이고, 저렇게 보면 저렇게 보이고. 이런 측면은 맞고, 저런 측면은 틀리고. 파헤쳐 들어가다 보면 그 다채로운 '정답 없음'에 놀라는 일이 많다. 마라톤이 그렇고, 편의점이 그렇고, 우리가 살아가는 일상이 그렇다.

책을 통해 이런 것들을 전하고 싶었는데, 역시 잘되었는지 모르겠다. 혹시 몰라, 부족한 글재간을 보충하려고, 이렇게 '요약

문'처럼 붙여두는 말이다.

본격적인 시련은 아직 시작되지도 않았는지 모르겠다. 나는 고작 25킬로미터쯤 달리는 중인데 힘들다고 자꾸 투정을 부렸는지도 모르겠다.

인생이라는 마라톤에서 내가 지금 어디쯤 달리고 있는지, 그것은 하늘만 아는 일이다. 그래서 언제나 32킬로미터 지점에는 아직 닿지도 않았다는, 또렷한 각성으로 살려고 한다. '마魔의 구간'에는 들어가지도 않았어! 그렇다고 너무 주눅 들지 않고, 그렇다고 너무 들뜨지도 않고, '느슨한 긴장감' 정도 유지하려고 한다.

매번 10킬로미터씩 달린다. 오늘도 뛰었다. 이렇게 10킬로미터를 달리는 경험이 쌓이고 쌓여 다시 풀코스 마라톤에 도전할 체력과 용기가 다져질 것이라 믿는다. 때로 낯선 길을 달린다. 비 오는 날에도 흥겹게 뛰러 나간다. 그리하여 언제 어느 때, 어떤 상황에서 불쑥 마라톤 대회가 열리더라도 자신 있게 도전장을 내밀 수 있는 그날이 올 것이라 믿는다. 세상 모든 길을 나는

다 달릴 수 있을 것이라 믿는다. 언젠가 마스크 벗고, 많은 주자들과 함께 달릴 수 있는 날도 곧 올 것이라고 믿는다. 그날에는 응원단도 길섶에 길게 늘어서, 북 치고 나팔 불며 파이팅을 외쳐주겠지.

오늘도 나만의 출발선에 선다. 가볍게 스트레칭을 한다. 신발 끈을 고쳐 맨다.

자, 달리자.

오늘도 지킵니다, 편의점
카운터 너머에서 배운 단짠단짠 인생의 맛

2021년 6월 5일 초판 1쇄 인쇄
2021년 6월 15일 초판 1쇄 발행

글 봉달호
그림 유총총
발행인 윤호권 박헌용
본부장 김경섭
책임편집 엄초롱

발행처 (주)시공사
출판등록 1989년 5월 10일(제3-248호)

주소 서울시 성동구 상원1길 22, 7층(우편번호 04779)
전화 편집 (02)2046-2896 · 마케팅 (02)2046-2800
팩스 편집 · 마케팅 (02)585-1755
홈페이지 www.sigongsa.com

ISBN 979-11-6579-581-8   03810